U0048590

祈·禱·師·鄉·內

怪談始末

鄉內心瞳

張筱森 譯

拝み屋郷内 怪談始末

目錄

出版緣起

恐怖（Horror）是絕佳的娛樂

獨步文化編輯部

人類爲什麼愛讀恐怖小說，愛看恐怖電影？

一手打造二十世紀之後最廣爲人知的恐怖小說世界觀「克蘇魯神話」的美國作家H. P.洛克來夫特曾經說過，「人類最古老而強烈的情緒，是恐懼；最古老而強烈的恐懼，是對未知的恐懼。」可是在畏懼的同時，我們卻又忍不住要去揣摩想像，那未知的彼端究竟有些什麼在蠢蠢欲動。也因此，人類自古以來，就不停地講述恐怖、描寫恐怖、觀看恐怖，乃至於享受恐怖。就像「百物語」這個耳熟能詳的遊戲，明知講完一百個鬼故事，吹熄一百根蠟燭後，可能會有某種未知的存在到訪，人們仍然熱中於此，樂此不疲。這種害怕並期待著、恐懼並享受著的複雜情緒，不正是恐怖永遠是絕佳娛樂的證明嗎？

許多作家長年以來持續地描寫這股「古老而強烈」並且十分複雜的情緒，成爲了歷久不衰的文學類型，當然在日本也不例外。從歷史悠久的江戶時代怪談，到現在的小說、漫畫，從電影到電玩，各種恐怖（Horror）相關產品不停出現，持續演化，成爲日本大眾文化重要的組成元素，和推理小說並列爲日本大眾文學的台柱。許多台灣讀者熟悉的作家，如：京極夏彥、宮部美幸、小野不由美等等，也都發表過許多精采絕倫、引人入勝的恐怖小說。藉由他們的努力，恐怖小說也不斷進化、蛻變，展現出各種不同的風貌。

將好看的小說介紹給台灣讀者，一直是獨步文化最重要的經營方針。早在創社之初，獨步便有經營日本恐怖小說的計畫。和推理小說同樣有著長遠歷史以及多元發展的日本恐怖小說，所帶來的樂趣完全不遜於推理小說。在數年的努力之下，多采多姿的日本推理小說在台灣獲得許多讀者的喜愛與肯定，我們認爲現在正是邀請台灣讀者來體驗另外一種同樣精采迷人的閱讀樂趣的好時機。

經過縝密的規畫，獨步推出全新的恐怖小說書系──「恠」。引介最當紅的日本恐怖小說家，非讀不可的經典恐怖小說，期望帶給你一種宛如夏夜微風，輕輕拂過頸後的閱讀體驗。

總導讀

你的後面或許有人，那又怎樣呢？

曲辰

且讓我假設你現在是獨自一人坐在房間裡翻看這篇導讀，那麼，我懇求你，暫時放下這本書，閉上眼睛，傾聽你所能聽到的最細微的聲音。

想像一下，那些爬搔聲、撞擊聲、腳步聲或是隱隱的呼吸聲究竟來自哪裡。你眞的確定那些聲響來自窗外嗎？或者，你以爲是浴室的漏水聲，其實是某人緩緩潛入你家，躡手躡腳地企圖闖進你的房間呢？

H. P.洛克萊夫特說：「人類最古老而強烈的情緒，是恐懼；最古老而強烈的恐懼，是對未知的恐懼。」這邊的未知可不僅止於你從未去過的歪扭小鎮，畢竟你怎麼知道閉上眼睛，你的房間到底還是不是原來的樣子？

於是，爲了探索你閉上眼睛後這個世界的樣貌，恐怖小說誕生了。

裸體美婦脫掉了那層皮，成爲一個骷髏

有人認爲，小說源自古代人們圍坐在火堆邊講故事的形式。想像一下那個畫面，似乎很容易理解爲什麼小時候參加營隊，總會有個晚上莫名其妙輪流講起鬼故事，然後在一陣戰慄中結束彼此嚇自己的行爲。恐怖小說的起源或許就是這樣的。

在西方文類而言，恐怖小說（horror fiction）一般都是自哥德小說（註）（gothic novel）開始劃分，畢竟具備「不斷探索邊界」意義的哥德小說，本身就有展現未知之境的功能，進而演化出「讓人感到恐怖的虛構小說」這樣的定義。也因此，我們可以說西方的恐怖小說誕生於「一個威脅性的祕密，一個古老的詛咒，以及奇妙的大宅，與纖細的女主角」這些哥德式的要素，從而構成日後西方恐怖小說的基本條件，也就是你總是要「觸犯」某個結界似的空間，你才遭遇到恐怖。

要在此說明的是，「恐怖小說」如果我們稱之爲一種文類（literary genre），似乎是一種外來的類型文學，但就像奇幻小說（fantasy）先以外來文類的姿態進入華文世界（如《龍槍編年史》、《魔戒》等西洋文本），讀者在理解這些文本是被劃分到「奇幻」的文類範疇的同時，也針對某種內在特徵相符的概念（如「超現實」、「人神共

註：Gothic最早是指日爾曼民族中的哥德人，後逐漸變爲中古時期的形容詞。十八世紀，理性主義與啓蒙運動影響英國，文學作品多半具有強烈的現實性，這時哥德小說成爲對抗那種理性主義的存在，於是，不管是不是把背景設定在中世紀，都可看見如同夢魘般的恐懼感，裡頭充滿對異世界的探討與渴望。

處」）繼而回溯到如《封神演義》、《西遊記》這類的中國古典小說脈絡中。但在台灣，講到「恐怖小說」，應該所有人都會聯想到如《聊齋誌異》之類的中國特有文學類型。

日本也是一樣，早在「恐怖小說」（ホラー）這個詞出現之前，屬於日本自身的恐怖形式就已存在。

撬開棺材，一個嬰兒正蜷縮在母親屍骨上沉沉睡去

日本恐怖小說的前行脈絡大致可分爲三種。

一是日本從室町幕府以來就有的「百物語」傳統，大家聚集在一起講鬼故事，據說講滿一百個鬼故事就會有不可思議之事發生，後來更進入通俗讀本中，並轉進歌舞伎、落語等等大眾娛樂發展；一是佛教的傳入，僧侶們爲了講述艱澀的教義，因此擷取佛經中的譬喻，結合日本原有的風土民情，創作出屬於日本在地的教喻故事（註一），特別是佛教的因果思想與日本原有的泛靈信仰（註二）合流，許多帶有靈異色彩的口傳故事逐漸流傳開來；最後是文人創作，如淺井了意《伽婢子》或上田秋成《雨月物語》，他們一方面承襲佛教的因果輪迴觀點，一方面改寫中國的志怪小說，將之書面化、在地化，催

註一：這種形式在中國唐朝時期就有了，我們稱之爲「講唱」，後來更成爲宋朝時期的「說話」。
註二：一種信仰形式，並非一神或多神，而是相信凡物皆有靈，凡靈皆可成妖怪或神。

生出屬於日本的恐怖書寫形式。

但眞正在二十世紀初對這樣的恐怖脈絡進行總整理的，則是一個希臘人Patrick Lafcadio Hearn，他比較爲人所知的名字是「小泉八雲」。他以一個外來者／異邦人的視角，敏銳地發現上述脈絡，於是對當時盛行的恐怖書寫形式進行整理，結合書面與口傳文學的特色，「翻譯／改寫」成英文發表出去。而後翻回日文，進而對日本自身的恐怖小說傳統造成影響。

也就是在他的總結中，怪談有別於歐美恐怖小說的部分被凸顯，除了西方未有的強烈因果信仰與「靈」的形式外，與歐美恐怖小說總是喜歡讓主角「誤觸險地」不同，日本怪談中洋溢著日常性，恐怖本來就存在我們生活周遭，並非人刻意闖入，只是「剛好」碰觸到現世與他世的邊界。更重要的，或許是怪談中那種強調「氣氛」而非實質暴力或恐怖行爲的恐怖描寫，日後甚至透過日本恐怖電影（J-horror）反過來影響歐美的恐怖電影，成爲日本難得「文化逆輸入」的範例。

吃完牛排打開冰箱，男友的頭擱在裡頭正瞪著我

在小泉八雲對江戶以來的怪談傳統進行總整理後，明治末期受到歐美心靈科學流行

的影響，怪談又掀起一波熱潮，只是這時怪談逐漸受到理性的壓抑，於是建立了「尋找解釋」的模式，改變怪談原本不需理由就遭遇恐怖的敘事方法。而後七〇年代流行的心靈節目、靈異照片等等，更讓怪談本身的「怪異」爲理性籠罩。

於是，雖然這段時間流行怪談，但多以鬼故事形態的「百物語」形式出現，幾乎沒有稱得上是虛構文類的「恐怖小說」。這段期間恐怖小說得依附推理小說生存，或反過來說，推理小說成爲培植恐怖小說的土壤。

同樣是恐怖文本的恐怖電影史，曾經被人形容爲「在本質上就是二十世紀的焦慮史」，恐怖小說也是，這個文類其實準確地反映當代人的集體恐慌。所以，九〇年代初期，由於泡沫經濟與當時的社會主義大崩壞，那個「解決可能性」（一切社經相關問題皆有可能解決）的時代已經過去，取而代之的則是「解決不可能性」（一切問題皆不可能解決）的時代逐漸顯露。加上八〇年代史蒂芬·金的作品被翻譯進入日本，在某些閱讀族群中獲得相當熱烈的歡迎與反應，日本才開始書寫「現代恐怖小說」。

日本文藝評論家高橋敏夫認爲，我們在「搭乘現代社會這個交通工具時，偶然與恐怖小說共乘」，恐怖小說中描繪的非眞實場景正巧形成一個相對於現世的參照系統。於是，日本現代恐怖小說在承襲怪談傳統的同時，也針對現代人的感性結構反映出現代社會的情況。描寫那些潛伏日常生活的細節、在習以爲常的城市角落發生的恐怖，過去從未見過的人際疏離、科技恐慌、對宗教與心靈的質疑，在這個時候都陸續進入恐怖小說中。

一九九三年，角川成立恐怖小說書系以及恐怖小說大賞，「恐怖小說元年」正式成爲宣傳詞，從此，日本恐怖小說開始在出版市場有著一席之地。

地球上最後一個活人獨自坐在房間裡，這時響起了敲門聲

如今，二十一世紀都過了第一個十年了，日本恐怖小說的類型也益發多樣化。

怪談方面，由京極夏彥與東雅夫在《幽》雜誌上提倡的「現代怪談」運動正如火如荼，京極不僅積極賦予傳統怪談現代風味與意義，也積極創作「在日常的都市縫隙中遇到非常的怪異」的現代怪談；木原浩勝與中山市朗則復古地學習「百物語」，到處收集鬼故事並改寫成「新耳袋」系列，兩邊可說是從不同方向延續怪談這種日本文類的命脈。

現代恐怖小說方面，角川的恐怖小說大賞則繼續挖掘具現代感性的優秀恐怖小說(註)，不僅有帶科幻風味的貴志祐介、小林泰三、瀨名秀明，強調日式民俗感的岩井志

註：其實這個獎本身就有很傳奇的事件，從第一屆起，就有「單數屆的恐怖小說大賞一定會首獎從缺」的都市傳說，直到第十三、十四屆連續從缺才打破紀錄。不過到第十八屆又從缺，不知道之後會不會變成偶數屆從缺。

痲子、坂東眞砂子，走獵奇風格的遠藤徹、飴村行，或是強調現代清爽日式風格的朱川湊人、恒川光太郎。創作遊走在各種類型之間的恐怖小說家也愈來愈多，三津田信三在推理與恐怖之間架起高空鋼索，走在上面展現他精湛的說故事技巧；藤木稟則是將日式奇幻的華麗色彩，結合西方的哥德原鄉，進而開創屬於自己的風格。到這階段，日本的恐怖小說可說是應有盡有。

講鬼故事有一個基本技巧，就是在聲音愈壓愈低的時候，要忽然拔高，喊著「那個人就在你後面」，用氣勢震駭聽眾。可是如今的恐怖小說，早就沒那麼簡單了，「你的後面有人」是前提，接下來會發生什麼事，才是重點。

就像在名為恐怖小說的森林地上長滿眞菌一般，乍看陰沉而茫濛，但當你習慣夜色、找到對的觀看角度，才會發現他們款擺出誇張、陰濕、幽微、鮮豔、各式各樣不同的顏色與姿態，而那些東西加總起來，便是我們內心不欲人知的另一半世界。

猜猜看，閉上眼睛後，你的世界會變成怎樣？

曲辰，現為中興大學中文系博士生（應該不需要提醒各位關於這個學校的傳說故事了），認為推理小說與恐怖小說剛好是現代文明的一體兩面，所以都要攝取以保持營養均衡。不過被恐怖電影嚇到時，會惱羞成怒地抱怨導演技巧拙劣，看到太可怕的恐怖小說會在晚上的夢中把結局扭轉，這樣才能保持身心的健康。

祈禱師鄉內　怪談始末

解決與加工

我在故鄉宮城縣做著祈禱師的工作。

這三個字聽起來很老套，也有點誇張，總之人們經常搞不懂我的職業，不過如字面所示，「祈禱」就是我的工作。到今年爲止，我入行已十幾年。

只要委託人眞心期望，我都會進行祈禱。無論是生者或死者，爲他們解決煩惱，幫助他們放下遺憾，就是祈禱師的使命。

每天上門委託的的案子中，不少與奇怪的狀況、不可思議的體驗有關，也就是人們稱爲「怪異」一類的事情。當然，我會透過「祈禱」來解決。

那麼，透過祈禱「解決」後，怪異的下場究竟如何？

經過祓除，委託人帶來的怪異通常會煙消雲散。

藉由怪異消除怪異是祈禱師的工作，要說是理所當然也是理所當然。

從發生在自身的怪事中解脫，委託人會感到安心，也會感謝我，對「祈禱師」來說，這是最值得欣喜的結果。

只是……老實說，我常不禁覺得「眞是太可惜了」。

我必須承認，從小我就喜歡這些和怪異、怪奇有關的故事。

替委託人消除恐懼和不安，讓他們感到安心，當然是值得慶幸的好事，不過，有時「殺害」怪異，我會產生強烈的罪惡感。

身爲祈禱師，將難得的恐怖故事變成「不恐怖的故事」是職責所在，無可奈何，然而，我卻常感到左右爲難。

對委託人、對怪異，乃至於對我自身，有沒有三全其美的「解決」方法？

本書《祈禱師鄉內——怪談始末》便是我找到的答案。

藉著「祈禱」收拾的怪異，由我來「加工」爲怪談。

豈不是再好不過？

至今透過我的祈禱和怪異一刀兩斷的人，往往會一臉安心地離開。「我能蒐集您的故事嗎？」如此一問，每個人都毫不眷戀地說「當然，請收下吧」，提供寶貴的經驗。從來沒有人拒絕我，眞是不可思議。

恐怕大家認爲把故事交給我，才能徹底與怪異「一刀兩斷」。

又說不定是將降臨己身的怪異向世間分享，讓許多人共同擁有這個經驗，更感到安心。

另一方面，因爲我的祈禱而被解決的怪異又是如何？

或許它們想讓更多人害怕，甚至貪心地想一直是「現役」的怪談，直到世界末日。

若是如此，我就將它們加工成「怪談」，徹底完成它們的心願吧。

在怪異發生的當下，分成「嚇人的一邊」與「遭到驚嚇的一邊」。

我認爲讓雙方都獲得幸福的最佳方法，就是以「怪談」的形式加以解決。同時，這對將來「想要被嚇」的人也很有意義。

是的——像是喜歡怪談的我，或像你這樣的人。

這本書收錄許多我的親身經歷加工而成的怪談。執筆之際，我懷抱著祓禊的心情。

其中不乏太過不祥，我想連同記憶徹底捨棄的故事，如果你能收下，我會非常感激。

將「怪異」加工爲怪談，這是我透過本書進行的工作。

我誠摯地希望能由你來解決。

藉著拿起這本書閱讀的你，這項特殊作業才能真正完成。
請慢慢品味這些怪談，一路害怕到最後吧。

春寒

去年春天，我和妻子到住家附近的公園賞花。

我們並未事先約好，完全是一時興起。

那天早上，我沒有任何預定的工作。看見窗外風和日麗，我不禁覺得窩在家裡太可惜。

要不要一起去賞花？我忍不住開口邀妻子。

妻子雙眼發亮，立刻點頭答應。

早上，我們開車前往離家約二十分鐘路程的隔壁町公園。

公園中央有座很大的湖，圍著湖鋪設櫻樹步道。

盛開的櫻花，將湖的四周和水面染成淡淡粉紅。

看著櫻花，內心的冰雪彷彿融解，感覺相當清爽愉快。我和妻子迎著摻雜飛舞櫻瓣的春風，走在步道上。

雖然正值花季，卻是平日的早晨，春假早結束。公園裡沒有太多人，我們偶爾會和年長的夫妻或帶著小孩的母親擦身而過。

我多穿一件上衣出門，但陽光十分溫暖，甚至讓人感到炎熱。

於是，我脫掉多穿的上衣，春陽的溫度緩緩滲入肌膚，舒服得想嘆息。

繞了公園半圈，出現一座小丘。爬上去可一眼望盡湖與櫻樹，頗適合當展望台。頂端的涼亭附有桌椅。由於妻子做了便當，簡直像爲我們量身訂製。我們打算邊賞櫻邊吃中飯，便一起跑上小丘。

一坐下，妻子立刻著手準備食物。

她解開包巾，拿出幾個小便當盒擺好，把裝在熱水瓶的茶倒進杯裡。

由於是臨時起意，只以冰箱現有的食材湊合，不過還是很不錯。

加了調味粉的飯糰、煎蛋、炸雞、香腸章魚，看著樸素的便當菜色，我想起小學的遠足，不由得興奮起來。

我抓著飯糰，另一手取筷子夾菜。

突然，我的後頸一涼。

變化來得令我措手不及，我甚至不知發生什麼事。

背後吹來一陣風，我才搞清楚狀況。

風凍得我耳朵快掉了。

剛剛的溫暖像是騙人的，氣溫降到和冬天沒兩樣。

坐在我對面的妻子縮著身體不停打顫。

我抬頭望向天空，陽光仍舊普照大地，然而空氣卻冷得幾乎要將我的身體撕裂。

我啜一口馬克杯裡的茶，剛倒出的茶已完全涼掉。

又一陣風吹來。我耐不住寒，重新穿上脫下不久的上衣。

這就是所謂的春寒嗎？櫻花盛開的季節，有時溫度會急遽下降。

可是，此刻的狀況有些奇怪。

抵達公園後，一直感受得到風，但沒這麼冷。

而是拂過肌膚，留下舒服觸感的柔和春風。

天空澄澈，陽光毫無變化，風的強度和剛剛沒有差別。

周遭變得如此寒冷，應該不是風造成的。

傳來一陣喀噠喀噠的硬梆梆聲響，只見妻子僵著臉咬牙忍耐。注意到時，我的臼齒也喀噠喀噠發顫。

只要吸氣，鼻腔便隱隱發疼。指尖十分冰冷，五感逐漸變得遲鈍。

我往山腳望去，走在步道上的賞花客都縮著身子，舉步維艱。

明明前一刻那麼暖和，現下卻感受不到任何餘溫。

不管怎樣，未免太不對勁。

這真的是春寒嗎？

疑惑湧現的剎那，湖中央似乎有些動靜，我不禁停下目光。

距離岸邊約莫五十公尺，廣大湖面的正中央一帶。

即使隔得這麼遠，我仍看得一清二楚。

那裡有個女人的頭。

那是黑髮挽成髻，並插著大梳子和簪子，打扮古風的女人。

人頭飄浮在離水面約五公尺的空中，像陀螺般不停打轉。

她始終沒偏離原位，轉啊轉、轉啊轉個不停。

隨著女人的轉動，周遭氣溫不斷下降。

我勉強喝下涼透的茶。妻子將新茶倒到自己的杯裡，熱氣如白柱緩緩升起。

好冷、好冷，妻子連連慘叫，捧著茶杯簌簌發抖。

妻子順著我的目光望去，隨即收回視線，皺眉啜飲熱茶。

她大概沒看見，所以什麼都沒說。

沒有笑容、沒有憤怒、沒有哀傷，女人看不出任何表情，只以無味乾燥、如人偶般平板的臉孔，在湖心上空專注地打轉。

周遭氣溫又下降許多。

由於誇張的寒氣和恐懼，我渾身顫抖，卻無法從人頭上移開視線。注視半晌，女人的轉動速度慢慢減緩。

她愈轉愈慢、愈轉愈慢，動作明顯遲緩。

當慢到幾乎是靠著慣性轉動時，女人和我四目相接。

飄浮半空的人頭動也不動，直盯著坐在丘頂的我。

那張臉孔慘白得猶如月下雪原。沒有眉毛，雙眼充血，呈櫻花般的淡淡桃紅。

女人茫然張口，無言望著僵硬的我。透過她微啓的嘴，看得見她塗黑的牙齒發出黏滑的光澤。

女人和我僵持半晌。

趁著我仍不知所措，對方率先動作。

人頭彷彿忽然想起有重力這麼一回事，噗咚一聲，往水面落下。

沒濺起一絲水花，無聲沉入水中。

那正是人頭不屬於這個世界的最佳證明。

傻傻望著無聲翻騰的水面，後頸傳來一股暖意。我離開桌子，走到山丘的草地上，柔和的陽光非常溫暖，十分舒適。

風不間歇地吹，我的後頸卻感受不到絲毫寒氣。

異常的寒意消失殆盡，周圍恢復原先的溫暖。

我坐回桌邊，繼續享用便當。

「剛剛怎會變得那麼冷？」

吃著煎蛋的妻子不解地問道，我只回一句「那就是所謂的春寒啊」。

隔天早上，我參加町內會的清掃活動時，下起大雪。

即使在宮城，四月中下雪也相當稀奇，不過，這才是眞正的春寒哪。

可以吧

正木夫妻搬到山裡一幢老房子。

自結婚以來，他們一直住在只有一個房間的公寓，實在太過狹窄，再加上差不多該準備生孩子了。

考慮著要搬到透天厝時，恰巧朋友告訴他們有不錯的房子要出租。

由於蓋在山裡，在繁茂的樹林環繞下，日照不佳。屋齡超過四十年，算是老舊的房子，不時有昆蟲與蛇類出沒。

不過，正因如此，租金遠遠比一般行情便宜。

儘管是老房子，卻是雙層建築，房間挺多，離正木先生的公司也較近。即使多多少少有不滿，但受不了狹窄公寓的兩人，還是二話不說地租下。

順利搬完家，行李也整理得差不多，夫婦倆注意到每天晚上，西邊的杉樹林都會傳來奇妙的聲音。

一道高亢的女聲不停重複著：「可以吧、可以吧、可以吧。」

起初，聲音出現在每天日落時分。之後，有時會斷斷續續直到深夜，有時幾分鐘就停止。以爲不會再出聲，又唐突開始。

不可思議的是，只有正木夫妻獨處時聽得見，家中有訪客期間絕對聽不見。

原先，他們覺得很不舒服，但夜夜如此，久而久之也就習慣。倘若那是人聲，未免太平板，毫無抑揚頓挫，且缺乏感情。

雖然有些不對勁，夫婦倆仍認爲應該是某種獸類或鳥類。

此後，怪聲依舊每晚持續著，不過他們漸漸不在意。

幾個月後，某天晚上。

正木先生難得喝醉，在被窩裡豎起發燙的耳朵。

日落之後，一如往常斷斷續續聽見「可以吧」的聲音。

「噯，要是回答『可以』，不曉得會怎樣？」

喝得醉醺醺、心情大好的正木先生，半開玩笑地問妻子。

「不要啦，很恐怖。」

躺在一旁的正木太太，露出受不了的表情阻止丈夫。

可以吧……可以吧……可以吧……可以吧……

夫妻倆交談時，那聲音仍如細語般低低迴盪在杉林裡。

「可以！」

正木先生從床上跳起，朝外頭大喊。

下一瞬間——

啪噠啪噠啪噠啪噠啪噠！

彷彿要震垮房子的巨響從杉林深處傳來。

正木先生一愣，僵在原地。那聲音徑直逼近房子。

啪噠啪噠啪噠啪噠啪噠！

發現那是某種東西的腳步聲，他不禁毛骨悚然。

「不行！不行！還是不行！」

嚇得無法動彈的正木太太，奮力探出窗外大叫，聲響戛然而止。

取而代之的是——

嘖！

隔著臥室的窗戶，那道極爲不悅的咋舌聲，夫妻倆聽得清清楚楚。

接著，令人毛骨悚然的腳步聲再度響起，折返杉林深處。

之後，那道聲音依舊持續傳來，但兩人決定努力充耳不聞。

雨中的古書店

這是在市區小巷裡經營古書店的川口先生告訴我的故事。

某個下著傾盆大雨的初夏傍晚。

川口先生聽著窗外猶如爆彈的雨聲，獨自坐在櫃檯看書。

沒有客人會特地在這種天氣跑來買書，所以川口先生非常清閒。

他考慮著要不要早點打烊時，入口的拉門打開。

抬頭一看，一名渾身溼淋淋的年輕女人走進來。

年紀大約快三十，穿藍外套搭卡其長裙，摻雜污泥的雨水弄髒她腳上的黑皮鞋。

一頭留到胸口的黑色中長髮，溼透的髮絲緊貼著她的額前和臉頰，右頰上有顆很大的黑痣。

女人往狹窄的店內瞥一眼，走到深處的文庫本書架前。從櫃檯望去，恰巧在斜對面。

只要有一個客人進來，就不能打烊。

川口先生輕輕嘆氣，視線移回看到一半的書，繼續閱讀。

外頭仍舊下著氣勢驚人的大雨。

他翻動書頁，邊偷瞄女人。

女人似乎找到中意的書，默默專心讀著從架上拿下的文庫本。

難不成她打算在店裡打發時間，等雨停才走嗎？眞是找人麻煩。

可是，這家店不在車站前，也不在大馬路旁，而是位在連平日都人煙稀少的小巷，實在不是躲雨打發時間的好地方。

原以爲是附近居民，卻是陌生的面孔。若是住在這一帶，應該會撐傘過來。

川口先生思索著，發現那女人不太對勁。

驚訝之餘，他看見面對小巷的大窗戶映出人影。

有個一模一樣的女人緊貼溼答答的窗戶，直盯著川口先生。

他不禁愣住，隨即望向店內的女人。

她還在書架前，沉默讀著文庫本。

他的視線再度轉向窗外。

一模一樣的女人仍在原地。

她的臉和雙手緊貼窗戶，無言窺視川口先生。

垂落胸口的中長髮，右頰上有顆大黑痣，藍外套搭卡其長裙。

跟店裡的女人如出一轍。

雖然看不見腳，但她肯定穿著黑皮鞋，絕不會錯。

想到這裡，川口先生背上冒出雞皮疙瘩。

他慌忙移開目光，卻瞥見店內的女人將文庫本放回架上。他嚥下口水，觀察對方的舉動。

女人突然低下頭，動也不動地站在書架前。雙臂無力垂在大腿兩側，沒有移動的跡象。

川口先生戰戰兢兢地再度望向窗外。

不知何時，那邊的女人也深深低著頭，毫無動靜。

看著與店內女人完美契合的身影，川口先生的指尖簌簌顫抖。

突然間，電話響起。

「哇！」他驚叫出聲，從椅子上彈起，手中的書滑落。

他渾身抖個不停，好不容易彎下膝蓋，勉強撿起書。

重新抬起頭，他卻發現不論店裡或店外，都沒有那女人的蹤影。

僅僅經過數秒。

他茫然拿起話筒，是熟客打來閒話家常，順便聯絡一些事情。

聽著話筒彼端傳來的聲音，他感受到店裡的空氣一點一滴恢復正常。緊繃的身體逐漸放鬆。

大概是我眼花或做了白日夢吧，他不禁這麼想——

不對。

女人翻閱文庫本的書架前，清楚留下泥濘的鞋印。

一結束通話，他立刻抓起拖把拚命擦掉那個腳印。

悲傷的歌

距今約二十年前，就讀小學二年級的秋天，須崎小姐遭遇一件怪事。

第二學期剛開始，熟悉的通學路上響起悲傷的歌曲。

歌詞盡是聽不懂的艱澀語彙，她不清楚究竟是什麼內容。

唱歌的應該是個女人。聽起來是會讓人聯想到搖籃曲，感覺相當靜謐的旋律。

然而，只要聽到這首歌，她就覺得很悲傷。如果聽得太久，她甚至會無緣無故掉淚。

她說那首歌悲傷到連孩童都會動容。

那似乎是從某幢老房子二樓傳來的。

雖然歌聲遙遠且細微，卻不可思議地清清楚楚傳進她耳裡。

她通常是在放學回家的路上聽到那首歌，不曾在上學時聽見。

跟須崎小姐同路線上放學的孩子，大部分聽過這首歌。每個人都和須崎小姐一樣，感到十分悲傷。

那首歌很快成爲須崎小姐和同學之間的話題。

有一天，其他孩子起鬨著想聽那首歌，須崎小姐便帶他們到那幢老房子門前。

默默聆聽那首歌，大夥漸漸難過起來，就在這時，鄰居的歐巴桑走近。

「你們在幹什麼？」

「我們在聽歌。」

「聽歌？我根本沒聽到歌聲，這裡是空屋啊，傻孩子。」

歐巴桑一臉受不了地搖搖頭，經過須崎小姐一群人面前。

在那之後又過一個月，某天突然怎麼也聽不到那首歌。

翌日，有人在那幢空屋的二樓發現一名遭勒斃的年輕女子。

經過勘驗，女子已陳屍兩個多月。

據警方推測，女子的死亡時間，恰恰與須崎小姐他們聽到悲傷歌聲的時期重合。

歲月流逝，須崎小姐長大成人。

參加親戚的葬禮時，她睽違許久地想起這件往事。

因爲葬禮上吟唱的歌，和那首悲傷的歌十分相似。

深夜的電話

由於工作的關係，無論晝夜我都會接到電話。白天大多是客人打來預約，晚上幾乎全是緊急狀況。

當然有例外，不過大致可這麼區分。

總之，晚上響起的電話對心臟很不好。所謂的緊急狀況，不妨想像成醫院的「急診病患」。

我女兒似乎遭狐狸附身，請馬上過來。

我房間角落從剛剛就出現一張女人的臉，請馬上過來。

我妻子非常害怕某個看不見的東西，方便馬上過來一趟嗎？

晚上的通話內容大多如此。

某年冬天深夜，我在被窩裡睡得正熟，枕畔的手機突然響起。

臥室沒裝市話，晚上我會設定將來電轉到手機，有時會接到不曉得我手機號碼的新客人聯絡。

我半夢半醒地接聽，貼近耳邊的手機冒出女人的吼叫聲。

「喂，我看到太多、太多，簡直快受不了！該怎麼辦？」

依嗓音推測，對方應該是中高齡女性。她像是快被壓垮，話聲非常沙啞。我完全不記得她的聲音，是新客人。

女人沒報上姓名，兀自滔滔不絕說著。

「總之到處都是。一大堆想依靠我力量的靈，不停靠過來。不管怎麼祛除，還是沒完沒了。你能來跟我一起祛靈嗎？」

雖然很失禮，但我覺得對方頗有問題。通話內容支離破碎，且完全不考慮我的狀況。我看一眼時鐘，超過凌晨兩點半。不論發生什麼事，連一句「抱歉」都沒有，與其說沒禮貌，簡直是缺乏常識。

女人的精神狀態明顯不對勁。

「我找過很多老師，全都沒用。他們一直靠過來，我快不行了。求求你，幫幫我！」

「原來如此。妳能先冷靜下來，告訴我發生什麼事嗎？」

女人喋喋不休，我好不容易找到空檔插話。

「現在不是悠哉聊天的時候，不能再拖拖拉拉！總之我快撐不下去了，救救我啊！」

女人完全不聽我的話。

我束手無策，只好暫且「嗯嗯、這樣啊、是嗎？」毫無感情地回應。

由於有些內急，我拿著手機走向廁所。

「我祛除不少靈，挺厲害的，可是數量實在太多，怎麼趕都趕不完！」

喔，這樣啊……我隨口附和，穿越陰暗的走廊前往廁所。

「啊啊，你瞧，現在也有！受不了，討厭！」

走廊前方傳來一聲「討厭」，我立刻停下腳步。

「那到底是什麼！低俗靈嗎？啊啊，煩死了！討厭，討厭！」

即使移開手機，對方的話聲仍清晰地傳進我耳裡。

「你在聽嗎？老師，你在聽嗎！」

「是、是，聽得很清楚。」

「眞是的，我爲何會擁有這種力量？難不成肩負特殊使命？」

廁所傳出話聲，漠然的不安化爲極度緊張。

「老師也很辛苦吧？我們擁有這種奇怪的力量，眞是累人！」

我站在廁所門口，話聲同時從手機和廁所傳出。

我用力抓住廁所門旁的掃把，朝著門問道：

「妳到底在裡面做什麼？」

「啊，露餡了！哈哈哈哈哈，你的力量好強，好厲害！」

「少開玩笑！」

我大吼著使勁一拉。門沒上鎖，非常順利拉開。

四周瞬間安靜，手機戛然斷線。

廁所內空無一人。

我詫異地走進去查看。如果要逃走，只能爬出窗戶，沒有其他路徑。

我探向窗框，發現已從內側上鎖，背上冒出討厭的冷汗。

我確認手機的通訊紀錄，試著回撥給那女人，卻遭到拒接。

之後，那女人不曾再打來。

只是每當夜晚接起電話，我都會有些憂鬱。

金魚

兩年前的夏天，獨居的瀨田先生，在公寓裡吃晚餐。

他漫不經心地扒著飯，眼前的味噌湯突然噴出一道水柱。

怎麼回事？他慌張地探看碗內。

黃濁的味噌湯中，有一隻金魚。

那是廟會的夜市隨處可見的小小紅金魚。

雖然搞不清狀況，但既然金魚還活著，不救不行。於是，他趕緊將金魚移到裝清水的碗。

瀨田先生理所當然地養起金魚。

之後，從碗換到小水槽，那條金魚今年已長到十公分大。

除了會撒嬌討飼料，沒有特別奇怪的地方。

彈出來的臉

盛夏的深夜，吉田先生和幾個玩伴沿著當地海岸飆車。

他們馳騁在松林包夾的窄路上，後方突然傳來猛烈的引擎聲，旋即一道強光直射進車內。

「靠，搞什麼！」

吉田先生瞇起雙眼，皺眉望向後照鏡，確認是一輛白色輕型車。那輛車幾乎緊貼在他們車子的正後方疾馳。

由於路幅狹窄，無法暫停路肩讓對方先通行。不過，年輕氣盛的吉田先生等人，原本就對輕型車的誇張行徑很不爽。

「給那輛車一點教訓吧。」大夥立刻同意。

「開爛車還那麼囂張。」

吉田先生踩下油門，與輕型車拉開距離。

確定拉開適當的距離，他將車身打斜，倏然煞車。

輪胎摩擦柏油路面發出震天價響，吉田的車橫堵在窄路上。

所有人隨即下車，等輕型車跟上來。

輕型車的司機發現道路堵塞，連忙煞車，停在吉田先生他們面前。大夥一擁而上，紅著眼窺視車內。

車裡坐著戴黑框眼鏡的瘦弱青年，及同樣打扮樸素的年輕女孩，她泫然欲泣地仰望吉田先生一行。

「給老子出來！」

「你們在搞什麼啊！」

「居然這麼囂張！混帳！」

朝滿臉畏懼的年輕男女怒罵時，吉田先生感到背後的黑暗中有東西微微發光。

他反射性地回頭，遠遠看見一個像塗有螢光顏料，遭淡綠光芒包裹的球體。發光的球體隱隱照亮四周，以迅雷不及掩耳之勢飛向吉田先生等人。

「那是啥？」

一個朋友話尾剛落，球體恍若子彈，從吉田等人頭上約一公尺的半空掠過。

飛過頭頂的瞬間，吉田先生看清那東西的眞面目，頓時毛骨悚然。

那是個梳著髮髻的男人頭顱。

「對不起……我們在躲那東西……」

戴眼鏡的青年臉色鐵青，顫抖著向吉田先生一行結結巴巴地道歉。

吉田先生望向馬路彼端，發現淡綠光芒即將消失於黑暗中。

眾人愣在原地。半晌後，吉田先生一行拚命向輕型車上的年輕男女道歉，慌忙衝回車上。

之後，兩輛車分別在狹窄的路上迴轉，全速返家。

苦肉計

有一次，比嘉先生到外縣市出差，在商務旅館過夜。

看電視時，他覺得遙控器似乎有些反應遲鈍。

朝螢幕按一、兩次沒用，要按好幾次，才能順利切換功能。

他打開浴室門想上廁所，但即使開燈，依然有些陰暗。空氣混濁，有股難以言喻的沉重感。

搞不好這裡不太妙。

比嘉先生是有點敏感的人。

上完廁所，他徹底檢查房裡的書桌、鏡框、床鋪等地方。

如果死過人或鬧鬼，一定會在哪裡貼符咒。

這是認識的人告訴比嘉先生的。他相信對方的說法，仔細調查整個房間。

可是，沒找到任何符咒。

既然沒有符咒，應該就不要緊吧。

得到「沒有證據」這個單純的結論，比嘉先生頓時安心，不再繼續在意。

深夜，比嘉先生購物回來，重新打開電視，遙控器的反應還是很遲鈍。

他煩躁地按著遙控器，不斷改變角度，好幾次都得靠近電視長壓，才成功轉台。

靈敏度似乎比之前更差。

該不會是電池沒電？比嘉先生打開遙控器背面的電池蓋。

雖然電池不一定會復活，不過有時調整電池的角度，過段時間就會恢復正常。

他的手指伸進電池槽，試著轉動電池。

這樣如何？剛要蓋回蓋子，不經意瞥見內側。

電池蓋內側，寬約五公分的空間，貼著一張小小的符咒。

「啊……」比嘉先生不禁輕呼。

忽然，浴室傳出水聲，他嚇得尖叫。

他臉色大變，戰戰兢兢打開浴室門，只見水龍頭轉到最大，水流個不停。

於是，比嘉先生沒洗澡，就這麼度過一夜。

蒼蠅

某個潮濕悶熱的夏夜。

上班族三田先生在住處打電動。

沉迷於遊戲時，耳邊忽然傳來「嗡」一聲，令人不快的重低音。他望向聲源處，只見一隻黑蒼蠅在屋內煩人地打轉。

三田先生住的公寓位於市區中心，而且在九樓。搬來第六年，那是他頭一次在屋裡看到蒼蠅。

所以，他當然沒有蒼蠅拍或殺蟲劑之類實用的生活必備品。

沒辦法，他只好抓起身旁的雜誌，單膝立起，靜靜等待機會。

三田先生屏氣凝神，不久就看到蒼蠅停在桌上。

他立刻揮下雜誌。

「碰！」伴隨著乾燥的一聲，他感覺打中了。

於是，他露出滿意的微笑，拿起雜誌確認蒼蠅的屍體。

空無一物。

不管是桌面或雜誌封底，都找不到蒼蠅屍體。只有蒼蠅曾駐足的桌上，留下圓圓一塊灰白粉末。

以爲蒼蠅逃走，他慌張地環視屋內，卻不見蒼蠅的蹤影。

眞奇怪，他自言自語著，手機忽然響起。

深夜兩點半，來電顯示爲老家的母親。

內心湧現不好的預感，他接起電話。

母親驚慌地告訴他，父親躺在被窩突然痛苦不堪，已叫來救護車。

隔天早上，母親再度來電，告知父親在送往醫院途中去世。

死因是腦梗塞。

我只是偶然打爛前來告別的父親化身嗎？

還是，由於我殺害不小心飛進來的父親化身，父親才會去世？

不論是哪一種，我都非常心虛……

三田先生說著，深深嘆口氣，沉重地低下頭。

鳥影

那是和其他日子沒有任何不同，一個初春的平凡傍晚。

佐竹先生和妻子前往隔壁町的購物中心。

開車外出是配合妻子，其實他不想出門，連續工作多日，身體十分疲憊。雖然過意不去，他決定在車裡等妻子購物結束。

他放下座椅仰躺，茫然眺望車窗外的景色。

漫無目的地張望著，他突然發現停車場入口附近的購物中心看板上有個人。

從擁有結實肩膀的體型和站姿推測，那應該是個男人。

男人背對夕陽，在看板上站得直挺。由於逆光，佐竹先生看不清他的長相和服裝之類的細節。

僅僅能辨別出是個男人。

橫幅的看板固定在粗鐵柱上，目測離地約十公尺。

為何那裡會有人……

佐竹先生探出窗外打算凝神觀察，頓時起了雞皮疙瘩。

只見男人的頭部和身體分開，飄浮在半空。

啊！佐竹先生不住驚呼。無頭男人的肩膀、胸口、腹部、腰部、雙腳，從上到下陸續斷裂，飛向夕陽。

他目瞪口呆，定睛細看，注意到男人在空中飛舞的身體部位紛紛長出漆黑的翅膀，不停拍動。

什麼啊，原來是烏鴉……

稍稍感到安心，他又赫然倒抽一口氣。

烏鴉怎會聚成那種形狀……

佐竹先生還在思索，烏鴉已融入紅色薄暮，消失在夕日彼方。

直立

同樣地，我偶爾會看見一些似是而非的曖昧景象。

住家附近的一級河川上有座橋，街燈沿著欄杆等間距矗立，而那傢伙就站在街燈上。

一個男人站在像彎曲湯匙的街燈上。

從物理的角度來看，那不是人類容易站上去的地方，也沒有站上去的必要。

不分春夏秋冬，那男人都穿著灰外套。年紀大約五十五歲，體格非常健壯，留著平頭。

通常我會在傍晚即將天黑，或深夜時分看見那男人，不曾在清晨或白晝目睹。

第一次遇見那男人是快十年前的事，之後斷斷續續遭遇七次左右。

那男人沒有特殊舉動，只是一直站在街燈上。

他不斷重複相同的行爲，或者說繼續相同的行爲，連外貌和打扮都毫無改變。

我不想扯上關係，所以絕不妄自揣測那男人的來歷。畢竟至今我仍會看到他。

放鬆戒備是最要不得的。

一張照片

那是惠美子小姐在黃金週和兩個朋友去菲律賓旅行時的照片。

她們在觀光地、市場、飯店隨意拍攝大約九十張照片，其中一張怎麼看都很奇怪。

那張有問題的照片是在聖奧古斯汀教堂前拍的。她們以教堂為背景，帶著笑容站成一排。

乍看之下，那張照片再普通不過。返國後，惠美子小姐也沒發覺任何不對勁。

旅行結束的幾週後，兩個朋友造訪惠美子小姐居住的公寓。

由於朋友想看旅行的照片，惠美子小姐翻開相簿。

三人愉快地瀏覽照片，聊著旅行的回憶。忽然，其中一個朋友安靜下來，訝異地凝視某張照片。

就是那張在聖奧古斯汀教堂拍的照片。

「欸，這張是不是怪怪的？」

沉默盯著照片的朋友，低聲開口。

「咦，哪裡？」

惠美子小姐湊上前。

三人一起拍的照片，看不出任何異狀。

「……啊，眞的，的確很怪。」

另一個朋友細看照片半晌，沉著臉附和。

「到底怪在什麼地方？」

惠美子小姐笑著問，剛剛訝異地凝視照片的朋友解釋：

「這張照片是誰拍的？」

惠美子小姐恍然大悟。

她們一起去菲律賓旅行，照片都是其中一人負責拍的。

其餘約九十張照片，全是一人或兩人入鏡。

唯獨那張教堂的照片是三人。

在物理上，這是絕不可能發生的情況。

「當時是請別人幫忙拍的吧？」

惠美子小姐戰戰兢兢地向朋友確認。

「那是在國外，怎麼可能把相機交給不認識的人？」

兩個朋友立即否定惠美子小姐的說法。

討厭的記憶甦醒，惠美子小姐憶起拍照的情況。

惠美子小姐將鏡頭瞄準在教堂前開心玩鬧的兩個朋友。
她透過觀景窗看著朋友，及在兩人身後微笑的外國人。
「亂動照片會糊掉，乖乖站好！」
她半開玩笑地勸阻兩人，接著按下快門。
如同昨天發生的事情，一切歷歷在目。
全身血液彷彿逆流，她再度凝視那張照片。

教堂前，並排微笑的兩個朋友右邊，站著露出笑容的惠美子小姐。

在不知情的人眼中，這是一張毫無怪異之處的照片。
然而，對於明白狀況多麼詭異的惠美子小姐三人，這是她們打心底忌諱的照片。
「我從來不曾覺得自己的笑容這麼恐怖。」
惠美子小姐拿照片給我看時，緊緊咬著下唇。

默劇

這是在葬儀社工作的由梨繪小姐大學時代的經驗。

某年冬天，她和朋友宏子一起去鄉下的溫泉旅館。

辦完住房手續，旅館女侍帶她們前往客房，那是二樓的最邊間。

她們爬上樓梯，沿著筆直的走廊朝房間前進。

離房間沒幾步時，宏子小姐忽然往後倒下。

她倒下的模樣實在淒慘，後腦杓直接撞到地板，鈍重的聲響聽得一清二楚。由梨繪小姐和女侍嚇一大跳，趕緊扶起宏子小姐。

「不要緊吧？」

由梨繪小姐出聲關切，痛得皺起眉的宏子小姐回答「還好……」。

由梨繪小姐調整心情，再次邁出腳步，宏子小姐卻沒跟上。

回頭一看，宏子小姐伸出雙掌，呆站在走廊中央。

「怎麼啦？」

由梨繪小姐一頭霧水地問，泫然欲泣的宏子小姐低語：

「我沒辦法往前走……」

她張開雙手在胸前揮舞。

看起來像在表演摸到看不見的牆壁的默劇。

「別鬧了，快點過來。」

由梨繪小姐走到宏子小姐面前拉起她的手，宏子小姐卻動彈不得。

「我不是說不能走嗎……」

宏子小姐彷彿遭「看不見的牆壁」夾住，很自然地貼在空無一物的走廊上。彎曲的右肘固定在臉旁，左手在胸前張開，動也不動。

即使想將宏子小姐的手拉到腰際都沒辦法。她宛如高喊萬歲，雙手舉起，面朝向一旁。

由梨繪小姐搞不清狀況，不禁感到困惑，身後的女侍戰戰兢兢開口：

「我替兩位安排別的客房……」

她一臉蒼白地說完，匆匆往回走。

兩人追著女侍到櫃檯，只見老闆娘不自然地微笑道：

「我立刻準備新的房間，請稍等一下。」

她深深鞠躬，安排位在一樓的超級豪華客房。

跟在女侍後頭，由梨繪小姐和宏子小姐詢問剛剛到底是怎麼回事。女侍一臉歉疚，回答：

「雖然很少發生，但偶爾會有客人無法走到二樓的邊間。我也是第一次碰到這種情況……」

她只說到這裡，便沒繼續開口。

可是，由梨繪小姐仍非常在意。

換到新客房後，她拖著不情願的宏子小姐重新爬上二樓。

結果還是一樣。走到途中，宏子就無法前進。她雙手貼著空氣牆壁，帶著哭腔說「我過不去……」。

最後，兩人滿腹疑惑，慘白著臉回房。

當天晚上，明明沒預訂，旅館卻送來最高級的晚餐。「封口費」三個字瞬間掠過由梨繪小姐的腦海，但她決定不再追問。

紅色螃蟹

這是擔任美容師的詩織小姐國中二年級時的經驗。

深夜，她在被窩裡熟睡時，聽到枕邊傳來喀沙喀沙的聲響。

該不會是蟑螂吧？她戰戰兢兢尋找聲源處，只見榻榻米上有一隻螃蟹。

那是一隻小到可放在指尖的螃蟹。

牠的殼如玻璃透明，顏色彷彿燃燒的火焰。

看起來就像活的寶石般美麗，她忍不住倒抽一口氣。

螃蟹動也不動地緊盯著詩織小姐，半晌後才一小步一小步橫移，從開了一條縫的拉門出去。

隔天，詩織小姐感到有些不對勁，驀然清醒後，發現自己迎來很晚的初潮。

巡視

深夜，上班族恩田先生躺在自家床上睡覺。

喀啦一聲，有人拉開門走進房間。

大半夜的，要幹嘛？

恩田先生半夢半醒，以爲是家人。

他打算抱怨兩句，睜開雙眼，心跳卻差點停止。

一個陌生的女護理師，闖進他的房間。

她穿著乾涸血跡和褐色藥痕染得斑斑點點，宛如迷彩裝的陰慘白衣。腳上是布滿污漬的白絲襪，還歪歪戴著帽子。

護理師右手拎著時明時滅的小手電筒，緩緩走近恩田先生床畔。

恩田先生發現自己動彈不得，也沒辦法出聲。

護理師行動不太靈活，搖搖晃晃靠近。她毫無情緒的眼眸盯著恩田先生，平板地問：「有沒有什麼變化？」

護理師的臉色慘白，嘴唇彷彿淤血般黝黑。

恩田先生渾身僵硬，不停發抖。「我會再來……」護理師喃喃低語，接著轉過身。

等她離開房間，恩田先生好不容易又能行動。

隔天晚上，雖然護理師沒出現，但恩田先生莫名發起高燒，請了四天病假。

順帶一提，恩田先生住家附近有間去年剛廢棄的小醫院。

法蘭索瓦

和木先生在自家倉庫找到一尊陳舊的人偶。

那是穿藍天鵝絨洋裝的金髮少女，名叫法蘭索瓦。她是興趣有點特殊的祖父生前愛用的腹語術人偶。

以前這尊人偶頗有名氣，從小學、幼稚園，到當地舉行的各類活動，主辦單位都會請祖父帶著她前往表演，招攬客人。

趁著休假，和木先生與朋友永田在倉庫裡東翻西找，無意間發現法蘭索瓦。倉庫的角落雜物堆積如山，法蘭索瓦像《犬神家一族》中遇害的佐清，雙腳朝天埋進雜物堆。

祖父逝世十年，和木先生等於是相隔十年與法蘭索瓦重逢。

然而，和木先生仍清楚憶起，在他就讀的小學體育館舞台上，祖父硬裝出尖細的聲音演著女孩子氣的短劇。

爺爺、爺爺，法蘭索瓦想吃鯛魚燒，鯛魚燒！

爺爺，法蘭索瓦也想去幼稚園！

如今回想，和木先生已能客觀評斷，祖父的腹語表演其實頗爲精采細膩。只是，當年祖父一到學校，就會引來同學嘲弄，他非常討厭。

他曾哭著拜託祖父不要去學校。

祖父一臉困擾地聽著孫子泣訴。

對不起，哥哥！可是，法蘭索瓦還是很想去學校！

可是，祖父每次都用法蘭索瓦的聲音道歉，和木先生反倒更生氣。

所以，和木先生很快就厭惡起法蘭索瓦。

升上小學中年級，和木先生便不時罵法蘭索瓦髒話，讀到高年級還會踢她。國中二年級，祖父逝世不久，他甚至打算在院子放火燒掉她。

總之，他與法蘭索瓦之間充滿各式各樣不愉快的回憶。如今問喜不喜歡法蘭索瓦，他仍會毫不猶豫說討厭。

然而，事過境遷，實在很難再對這尊人偶產生嫌惡或憎恨的情緒。

「不動的腹語人偶有點恐怖。」

從雜物山拉出的法蘭索瓦睜開雙眼，仰躺在地上。

「是啊……有種不上不下的感覺。明知是『會講話的人偶』，這樣不開口，就像死掉一樣。」永田先生附和。

人偶體型和幼稚園孩童差不多，製作精良，加上有些骯髒，要說看起來像外國小孩的屍體，的確頗像。

何況，失去操縱者的法蘭索瓦，是再也不會說話的腹語人偶。要是代換成人類，形同死亡。

從另一種角度來看，等於是人偶的屍體。

「喂，不覺得這還能用嗎？」

默默凝視人偶的永田先生忽然抬頭，露出奇妙的微笑。

「什麼意思？」

「今晚來為她重新注入生命吧。」

永田先生想到的是非常孩子氣，卻非常下流的惡作劇。

他們深夜開車前往便利商店、牛丼店等，容易聚集人群的地方。一人開車，另一人躺在後座，抱著人偶準備行動。

起先，他們在停車場慢慢打轉，瞄準走出店裡的客人，或有乘客的車輛。一發現合適的目標，駕駛座立刻發出信號，後座便會將人偶上半身推出車窗，嚇唬目標。

正因手法十分幼稚，效果遠遠超出兩人想像。

雖然已是深夜，但外出買宵夜或吃完宵夜的人多半毫無防備。眼前突然出現詭異的人偶，大夥都受到不小的驚嚇。

有人嚇得尖叫，有人傻在原地，也有人慌慌張張逃進車內，每個人的反應都不一樣，非常好笑。

由於在後座負責操縱人偶，看不到路人驚嚇的反應，他們將手機掛在法蘭索瓦胸前，設定錄影，打算一次看個過癮。

兩人輪流開車和操縱人偶，充分享受深夜的惡作劇，滿足地打道回府。

「實在太有趣，下次再來啊。」

和木先生送永田先生回家，說著捧腹大笑。

兩人嬉笑著告別，和木先生發動車子。

和木先生的車子在漆黑的鄉間道路奔馳，趕著返家。

下車前，永田先生讓法蘭索瓦坐在副駕駛座上。

和木先生瞄法蘭索瓦一眼，她仍以毫無生氣與情緒的雙眼，默默凝視前方的黑暗。灰塵和油污弄髒她的臉龐，鼻子和臉頰也有細細的裂縫，金色長髮變得蓬亂，加上一身藍天鵝絨洋裝，簡直像殭屍一樣。

這樣難怪會嚇到，和木先生噗哧一笑。

「大家都嚇壞了。」

法蘭索瓦忽然轉頭對他這麼說。

伴隨和木先生驚天動地的尖叫，他的屁股離開座椅。

他立刻踩下煞車，停到路肩。

講話了！她剛剛講話了吧？他慌忙望向副駕駛座。

不見了。

剛剛坐在副駕駛座的法蘭索瓦，突然消失無蹤。

和木先生心跳快到要爆炸，從喉嚨吐出粗重的喘息。

他立刻下車，顫抖著按下手機的通話鍵，向剛道別的永田先生求救。

然而，僵硬的手指接二連三操作錯誤，他不小心播放方才拍下的影片。

「啊哈哈哈哈哈哈！啊哈哈哈哈哈哈！」

深夜驚嚇得方寸大亂的客人的影片裡，不斷出現刺耳的大笑聲。

跟以前的法蘭索瓦一模一樣，也就是跟去世的祖父裝出來的聲音一模一樣。

回想剛剛法蘭索瓦冒出的那句話，正是祖父的聲音。

和木先生發出幾乎要震破耳膜的淒厲慘叫。

幾分鐘後——

和木先生與開車趕來的永田先生，滴水不漏地搜查車子。

可是，不管怎麼找，都找不到法蘭索瓦。
直到現在，法蘭索瓦仍下落不明。

不允許

距今十幾年前，年輕的木島先生和明美太太終於盼到第一個孩子。

發現懷孕沒多久，醫生就診斷是個男孩。之後，夫妻倆沒日沒夜地考慮要爲尚未謀面的兒子取什麼名字。

經過不斷的討論，一致決定「就是這個！」的名字是×××。

那是在日本神話登場，十分著名的神明名諱。以常識判斷，別提心愛的兒子，根本不該隨意用來當人名。

就是這樣的名字。

他們並非特別崇拜那位神明，也不是爲神明的傳說或相關事蹟感動。

夫妻倆只是覺得，其他父母不會取這個名字，而且這個名字很酷，僅僅如此。

當時十分流行所謂的閃亮名字（註）。

年輕的木島夫妻想搭上風潮。爲了給心愛的兒子取奇特的名字，苦心造詣到最後，偏偏選上×××這個名字。

註：指用特殊發音或特殊漢字，無法一看就知道如何發音的名字。

事情發生在懷孕中期的時候。

考慮到孩子出生後，應該暫時沒辦法出遠門，木島先生提議趁現在去旅行。

幾經煩惱，明美太太提出一個好點子。

「那麼，就去我們替孩子取名的神明的神社如何？」

木島先生當然沒有反對的理由，立刻答應。

祭祀那位神明的神社，是歷史悠久且規模龐大，日本數一數二的知名神社。

夫妻倆先搭飛機再換電車，花了半天終於抵達神社所在地。在旅館辦妥住房手續，稍事休息，隨即前往神社。

他們穿過巨大的鳥居，在觀光客摩肩擦踵的參拜路上雀躍前進。到主殿後，兩人行一禮，帶著興奮的心情往香油錢箱丟硬幣，一心一意地祈禱。

（請保佑我家的王子能長成像你一樣超級厲害、超級了不起！）

（我將肚子裡的孩子取了神明大人的名字！好酷的名字，我非常喜歡～請一定要守護這個孩子！）

「ＮＡＲＡＮ！」

兩人的耳邊驟然響起氣勢雄渾的粗野男聲，幾乎要震破鼓膜。

突如其來的巨響嚇壞夫妻倆，他們挨在一起環顧四周。

集中在主殿前的香客都雙手合十，沉默地祈禱著。看來，只有他們聽到那句話，於是他們逃也似地離開神社。

回到旅館，木島先生和明美太太激動地討論剛剛的怪聲。

兩人都清楚聽見「NARAN！」那句話，沒辦法否定這項事實。

他們討論著「NARAN！」究竟代表什麼意義，及今後該怎麼辦。

木島先生認爲是「不允許」（註一）的意思。

將我的名字拿去給孩子取名眞是不像話，如字面所示，木島先生非常直接地解釋。

暫且不論那句話的眞義，聽到的瞬間，他感到難以言喻的恐懼，早已失去用神明的名字替孩子取名的興致。

然而，明美太太的看法完全相反。她堅持「NARAN！」（註二）是「可以」的意思，神明親口答應他們使用自己的名字。

面對這個牽強的解釋，木島先生啞口無言，明美太太鍥而不捨地繼續道：

「你想想，親耳聽到神明聲音不是超貴重的經驗嗎？果然這就是命運啊。時代劇不是也有『今後將與諸位結成銅牆鐵壁』的說法嗎？」

所以我一定要取這個名字！明美太太硬是不肯讓步。

直到深夜，木島先生仍不斷嘗試說服妻子。

可惜，木島先生慘敗，明美太太頑固得像石頭。

註一：原文爲「ならん」，在現代日語中爲不允許之意。
註二：原文爲「成らん」，在日語古文中則爲肯定之意。

木島先生反覆說明，導致兩人的想法益發毫無交集，明美太太的心情明顯愈來愈惡劣。

最後，兩人決定回家再研究，結束當晚的爭論。

隔天早上，木島先生睜開眼，發現妻子跪倒在枕邊啜泣。

發生什麼事？一問之下，明美太太拉開浴衣前襟，給他看懷孕的大肚子。只見肚子中央浮現像蕁痲疹般，一個大大的×印。

「我放棄用神明的名字……」

明美太太聲如蚊蚋地說完，便淚水決堤，放聲大哭。

木島先生繼續追問，原來昨晚妻子似乎遭到鬼壓床。

由於呼吸困難，她赫然醒來，發現自己仰躺著，手腳重得像石頭，根本無法動彈。她拚命掙扎，一聲「NARAN！」倏地在耳邊炸開。

跟白天參拜聽見的聲音一模一樣，換句話說，那是神社祭祀的×××的聲音。

明美太太渾身血液彷彿凍結，試圖掙脫，「NARAN！」的吼叫聲再度震撼耳膜。

一直認為「NARAN！」代表「可以」的明美太太，在心裡默念著：

「我一定會取您的名字！一定會取，請放心！」

她不斷重複這句話，卻發現那道聲音隱含的殺氣愈來愈重，且變得更大聲尖銳。耳邊響起二十幾次的「ＮＡＲＡＮ！」，明美太太才放棄。

她終於發現「ＮＡＲＡＮ！」不代表「可以」。加上只要出現一聲「ＮＡＲＡＮ！」肚子就陣陣刺痛，她恐懼不已。

「對不起、對不起！我不會用您的名字，請原諒我！」

這麼一默念，身體旋即恢復自由，怒吼聲瞬間停止。

一片寂靜中，她從被窩中起身，只見天空泛起魚肚白。

腹部依然隱隱作痛，她慌張地拉開浴衣一看——

上頭浮現大大的×印。

「小寶寶不要緊吧？」

明美太太癟著嘴哭個不停，木島先生同樣擔心。他們取所有觀光行程，前往鄰近的婦產科接受檢查。

幸好，小寶寶沒有任何問題，母子均安。然而，浮現在肚子中央的紅腫痕跡，醫生也百思不得其解。

結束旅行回到家裡，夫妻倆立刻重新考慮兒子的名字。

遭遇這種狀況，他們怕得不敢再隨便借用有來歷的名字。經過深思熟慮，他們達成共識，替兒子取了個四處可見的平凡名字。

之後，兒子平安落地，沒生大病也沒出過嚴重的意外，順利長大。

擁有平凡名字的兒子，如今已升上國中三年級。

不久前，夫妻倆向兒子坦白「當初想給你取這個名字……」，兒子立刻回一句「開什麼玩笑」。

「以結果來看，是神明救了我們。」

木島夫妻不好意思地笑道。

變成怪談

由於很難抽出時間，現在我幾乎不再舉辦。不過，直到幾年前，我會定期在自家舉行怪談會。

我不特別講究形式，總順著現場的氣氛進行活動。有時是我不斷講故事，有時是參加的成員輪流開口。活動十分隨興，偶爾沒人講恐怖故事，大夥便一起喝酒聊天。

每次約有五到十人參加，屬於小型聚會。成員彼此十分熟悉，每次都悠閒地共度恐怖之夜。

打通兩間八張榻榻米大的和室當會場，在中央擺放小桌子，點上一根蠟燭。活動開始後，我會關掉電燈，所以場內十分昏暗，成員看不清彼此的長相。

某天晚上，結束聚會一開燈，有人突然感到不對勁。

「博美小姐不見了。」一問之下，對方這麼回答。

「對，博美小姐不見了。」幾名成員紛紛附和。

博美小姐是我的老客人。她約莫四十幾歲，常參加怪談會。

幾個月前，她突然不再參加，也沒出席當晚的聚會。

「是不是太暗認錯人？」我如此推測，但成員表示聽到的確實是博美小姐的聲音。黑暗中，不少人和她交談過。

然而，包含我在內，有些人絲毫沒察覺她在場。

氣氛漸漸變得奇怪，於是我撥打博美小姐的手機。

不料，接聽的是她的母親。

對方告訴我，女兒三個月前車禍去世。

由於博美小姐的母親這麼希望，那天晚上，我爲她念誦供養的經文。

博美小姐眞的非常喜歡怪談，總笑著說：

「要是碰到恐怖的遭遇，我一定會來講給大家聽。」

這樣的她成爲怪談。

我在祭壇前雙手合十。以我爲首，與會成員都靜靜掉下眼淚。

自助服務

怪談會上也曾發生這種事。

那是盂蘭盆節前，一個潮濕悶熱的夜晚。

聚會從七點開始，來了五、六個愛好此道的老面孔。

當天晚上採取的是我一個人不斷講故事的形式。不料，開場不到一小時，我突然感到一陣強烈的腹痛。

前晚我輪流喝日本酒和紅白酒，弄壞了腸胃，從早就不停跑廁所。

試著忍耐一會兒，可是我實在撐不住。

「不好意思，我離開一下。」

我羞赧地行一禮，便衝出和室，奔向廁所。

痛苦呻吟十分鐘後，我洗手返回和室。

「噯，讓各位看到難堪的一面，眞是抱歉。」

我開著玩笑坐回小桌旁的固定座位，大夥異口同聲地問：

「剛剛那是誰？」

你們在說什麼？一問之下，原來在我離開後，一名年輕女孩隨即走進和室，彷彿來接班。

女孩在我工作用的祭壇前坐下，靜靜閉上雙眼，沉默地合掌。

她年約二十出頭，穿淺黃浴衣，綁著三根辮子。雖然是皮膚白皙的漂亮女孩，卻一臉憂鬱。

女孩沒和坐在桌旁的與會者交談，專注祈禱著。她周身散發一股難以搭話的氛圍，大夥只好望著她。

十分鐘後，她倏然起身，行經小桌前，打開面向走廊的拉門離去。

拉門緊緊關上，直到我上完廁所才再度打開。

我沒印象與那樣的女孩擦身而過。

我不認識那樣的女孩。

「……剛剛究竟是怎麼回事？」

面對臉色愈來愈蒼白的與會者，我只應一句：

「畢竟盂蘭盆節快到了。」

害怕

如果有人要求，我也接受個人的怪談會預約。

某個夏日午後，三名想聽怪談的年輕男女，抵達我的工作室。

「那麼……各位喜歡怎樣的故事？」

等三人在小桌旁坐下，我以詢問代替開場白。

「討厭，我還是沒辦法！」

三人中，褐髮黑皮膚、化著誇張眼妝的女孩，立刻吐出洩氣話。

「請告訴我們超級恐怖的！」

年輕男子雙眼發亮，傾身向前。

「雖然害怕，不過我也想聽會嚇死人的！」

看似男子戀人的女孩舉止僵硬，卻笑著附和。

「咦，討厭！我絕對聽不下去！」

兩人提出要求後，褐髮女孩再度大聲抱怨。

別這麼說，我稍微制止她，便講起怪談：

「這是我的親身經歷……」

「不行不行不行！絕對不行！」

「我和朋友去深山的廢棄飯店試膽……」

「討厭討厭討厭！不行，我真的不行！真的啦！」

「當時已過凌晨一點，時間很晚……」

「等等，我真的不行！超恐怖的，絕對不行！」

「妳能不能安靜一下啊！」

雖然不該這麼說，但褐髮女孩實在太吵，我不由得提高音量。

「……哪裡不對勁嗎？」

年輕男子訝異地盯著我，坐在他隔壁的女友頓時啞然。

不見了。

剛剛大聲吵鬧的褐髮女孩消失無蹤。

「不、不……沒什麼。」

我將顫抖的雙手藏到桌下，好不容易才能往下講。

泳裝與拉麵

這是五味先生告訴我的故事。除了經營民宿，夏天他還在海水浴場兼營提供輕食的小店。

約莫二十年前，某天晚上十點，營業時間早已結束。五味先生在廚房準備隔天的食材，入口的玻璃門傳來拍打聲。探出吧台一看，玻璃門外，兩名年輕的泳裝女子在窺看店內。這麼晚了，她們要幹嘛？五味先生納悶著，走向入口。

他解鎖拉開門，只見兩人抱著肩膀，不停發抖。

「發生什麼事？」

一問之下，兩人顫抖著雙唇，結結巴巴回答。白天下海玩水，兩人被大浪捲走，帶離岸邊。她們拚命游，好不容易回到岸邊。

「我們快冷死了，有熱的食物嗎？」

兩人泫然欲泣地訴說。仔細一瞧，他發現其中一人穿高腰丁字褲，另一人穿粉紅比基尼。

不僅身材高䠷，擁有泳衣遮不住的巨乳，而且都是美女。

五味先生的親切心和色心同時運作，殷勤地請兩人入內。

他偷偷欣賞著坐在吧台的性感美女，邊煮拉麵。煮好端上桌，兩人便迅雷不及掩耳地拿起筷子，津津有味地大聲吃麵。

只要吃一口熱騰騰的麵，或舀起湯大口喝下，她們就會露出放鬆的笑容，發出滿足的嘆息。

見兩人吃得忘我，五味先生感到相當滿意。

「謝謝招待。」

兩人面帶笑容將筷子放在空碗上，向五味先生低頭道謝。

五味先生有點不好意思地回禮。

再度抬頭，卻發現兩人消失無蹤。

那不過是短短一瞬間。他臉色驟變，從廚房衝到吧台，只見兩人坐的椅子下方，到處都是咬碎的麵條和熱湯。

幾年前，曾發生兩名年輕女子遭海浪沖離岸邊溺斃的事故，五味先生這才後知後覺地想起。

他雙手顫抖著，默默收拾散落一地的拉麵。

海濱料理

類似的情況，我親身遭遇過。

前年初夏，我帶妻子前往濱海景點。

平常我得工作，沒太多時間陪妻子，至少要帶她出門旅遊。

恰逢初鰹時節，我提議去海邊玩，吃海鮮料理當午餐。妻子非常高興，催促我快點準備。

一早出發，約莫一小時後抵達。我們感受著微溫的海風，在附近的觀光景點閒晃。其實是還不怎麼餓，才走來走去。

接近午餐時間，肚子漸漸餓了起來。

於是，我們沿著海濱道路物色餐廳。

看店家貼在外面的菜單，我們發現海鮮料理意外昂貴。或許是位於觀光地，價錢高出一般餐廳許多，但實在太昂貴。不論哪家店，我貧瘠的荷包似乎都高攀不起。

我們一路瀏覽昂貴的菜單，嘆著氣默默經過一家又一家店。

就在找不到符合預算的餐廳，四處徘徊之際，我們走進狹窄的小巷。巷裡的小店不少，但不同於大馬路上的餐廳，都有些窮酸老舊。

這樣反倒合適，我們開始挑選中意的店。

位於巷內的大部分是普通的定食或拉麵店，沒太多海鮮料理店，我實在餓到不行，只求能吃就好。

可是，妻子一早就期待著海鮮料理，神情相當失望。

乾脆豁出去，到大馬路上的餐廳吧。我暗自猶豫著，忽然瞥見寫著「海濱料理」的陳舊看板。

抬頭一看，那是寬約三間(註)的簡陋小店。

鐵皮屋頂和牆壁完全生鏽，入口的玻璃門有些骯髒，用來補強細長裂痕的膠帶已褪色。

乍看容易誤以爲早就倒閉，入口卻掛著暖簾。

玻璃門上貼滿以粗馬克筆寫下的菜單。仔細一瞧，我發現和大馬路上的餐廳不一樣，蝦子、烏賊、海膽、海鞘都非常便宜。

倘若菜單寫的是眞的，不僅有我們念念不忘的鰹魚，甚至有剝皮魚和曼波魚。

「就這家吧。」我向妻子說著，拉開老舊的店門。

昏暗的店內擺著三張四人桌，裡面還有一間和室，放著兩張桌子。

在入口附近的桌位坐下，一個頭髮花白的清瘦大叔從廚房慢吞吞地走出來。

「歡迎光臨，我們店裡每道菜都好吃。」

他和藹可親地笑著，放下水杯。

眺望貼在牆上的菜單時，大叔又從廚房出來，往桌上放一個小碗。

「這是本店的特別招待，來自大海的珍味。」

「謝謝。」

我道謝著一瞄，碗裡有東西發出唰唰聲響蠕動。

是蟲。

活生生的海蛆、沙蠶之類棲息海邊，令人看了就不舒服的生物，在碗裡堆得高高的。

我嚇一跳，從椅子上彈起。

「這是什麼？」

「本店的特別招待，大海的珍味。」

即使我高聲抗議，大叔的笑容仍像貼在臉上般毫無變化。

「喂，我們走了。」

轉頭一看，我這才發現妻子不在身邊。

慌慌張張衝出店外，只見妻子愣在門口。

「怎麼啦？」

註：一間約爲一・八公尺。

妻子歪著頭，訝異地問。

「還問怎麼啦，這家店簡直莫名其妙！」

我憤憤轉身，指向那家店。

從打開的入口看進去，店內空空蕩蕩。

既沒桌子也沒椅子，和室的榻榻米一張不剩。

不知何時，門口的暖簾和菜單消失無蹤。

「怎麼回事？」妻子再度追問。

「沒什麼。」我應一句，默默邁開腳步。

剛剛看你在店裡發呆，我很擔心。

妻子在我身後說著，但我不想深究下去。

最後，應妻子的要求，我們在大馬路旁的海鮮餐廳，點豐盛的海鮮丼和綜合生魚片當午餐。

我吃著飯，不斷想起滿滿一碗的「大海的珍味」，深深感到後悔。早知道一開始這麼做就好了。

時鐘工廠 陰

就讀小學時，一之瀨先生住的小鎮上，傳聞有一座鬧鬼的廢墟。聳立在鎮外小丘上的廢墟，以前是規模頗大的時鐘工廠。像是去試膽的年輕人看見幽靈，回程途中發生車禍等等，鎮民之間流傳著似眞似假的詭異故事。

國小六年級第一學期即將結束的夏天，包含一之瀨先生在內，六個男孩決定去時鐘工廠探險。

提早放學的週六下午，一行人在梅雨鋒面帶來的蒸騰暑氣中，騎著腳踏車前往工廠。

時鐘工廠是平房風格，以鋼筋水泥建成的巨大建築物。外牆腐爛似地發黑，壁面爬滿微血管般的細長藤蔓植物。

大部分的窗戶皆已破裂，經長年風吹雨打，連完好的窗玻璃也發黃。

周圍是蓊鬱的樹林，連大白天都十分昏暗。

光是外觀便散發著「這裡鬧鬼」的氛圍。

他們戰戰兢兢走進去。工廠內空氣冰涼，與戶外的炎熱截然不同。

工業機械的殘骸和玻璃碎片散落一地。

感受到異常的氣氛，大夥不由自主嚥下口水。

雖然有點恐怖，但六人同行，還不至於害怕到轉身逃跑。他們仗著人多勢眾，毫不客氣地往建築物內部前進。

他們互相開著玩笑，仔細觀察荒廢工廠，四處走動，漸漸習慣荒廢的環境。

「沒什麼了不起嘛。」

聽到一之瀨先生發表感想，朋友紛紛說起逞強的話。

走一陣子後，他們抵達幾乎照不到陽光的內部區域。

布滿灰塵的加工機械像堆積如山的屍體，沉悶的空氣中瀰漫著陰溼感，明顯與剛剛的氛圍不一樣。

接著就是來眞的了。一之瀨先生和朋友重振精神，愼重地緩緩前行。

往深處走去，前方的黑暗中忽然閃現白色人影。

「啊！」他們詫異地凝目細看，一名裸女背對腐朽的輸送帶，孤伶伶站著。

目睹女人臉孔的瞬間，一之瀨先生彷彿全身血液逆流。

那是一之瀨先生就讀國三的姊姊。

朋友察覺不對勁，全停下腳步，僵在當場。

眼前的景象太詭異，大夥都無法理解究竟發生什麼事。

他們搞不清狀況，渾身簌簌顫抖。忽然間，散落在地上的玻璃碎片發出破裂的刺耳聲響。

裸身的姊姊毫無生氣的混濁雙眸，盯著一之瀨先生一群人，緩緩走向他們。

下一瞬間，眾人尖叫著逃出工廠。

他們發狂似地衝到外面，騎上腳踏車拚命踩。

當時，一之瀨先生的姊姊罹患肺病，長期住院療養。

所以姊姊不可能出現在工廠，何況是那副模樣，怎麼想都不可能。

搞不好是誤認，或者是錯覺……

一之瀨先生努力說服自己。

然而，朋友的話立刻擊潰他的努力。

那確實是一之瀨先生的姊姊。

朋友發抖著騎腳踏車，卻異口同聲這麼說。

一之瀨先生全速衝回家，抓著在廚房的母親詢問姊姊的病況。

母親頗爲訝異，仍告訴他，剛剛去探病，姊姊恢復得很順利，沒有任何異狀。

之後，一之瀨先生的姊姊平安出院。

「如今回想，與其說恐怖，倒不如說是驚人的經驗。那到底是什麼？順便一提，我姊姊現在依然健康。」

即將三十歲的一之瀨先生，傾吐完少年時代的不可思議遭遇，補上一句：

「不過，此事還有後續，或者說像後日談之類……」

那是接下來的故事。

時鐘工廠　陽

一之瀨先生少年時代碰到怪事的那座時鐘工廠，幾年前終於拆除。

之後，空地上蓋起安養院。

由於和安養院有些淵源，他的姊姊妙子在此工作。

妙子小姐就是以驚人姿態出現在荒廢工廠的一之瀨姊姊本尊。

安養院開設不久，知道這塊土地來歷的職員紛紛碰上奇怪的遭遇。

像是深夜的空房有人的氣息或笑聲。

深夜巡房時，被看不見的東西拍了後背。

水龍頭忽然轉開流出水……不勝枚舉，似乎背後都有些來由。

妙子小姐當然有所耳聞，但不太在意。她是個較理性的人，不論聽到什麼，都是左耳進右耳出。

不過，雖然不在意，妙子小姐也遇到難以解釋的狀況。

深夜獨自待在辦公室工作時，她聽見走廊響起腳步聲。

一開始，她以爲是巡房的搭檔，隨即發現並非如此。啪噠啪噠的腳步聲似乎帶著濕氣，像是光腳，而且不只一道。

巡房的搭檔穿的是橡膠鞋或涼鞋，可能是入住安養院的老人在夜裡徘徊。如果放著不管，老人搞不好會摔倒或病發，造成嚴重的後果。她急忙打開辦公室的門，衝到走廊。

腳步聲戛然而止。

她在昏暗的走廊上四處查看，卻找不到腳步聲的主人。

每次值夜班，她至少會聽到一次腳步聲，有時多達三、四次。

更怪的是，腳步聲只會在搭檔去巡房，妙子小姐獨自待在辦公室時才會出現。一旦她到走廊檢查，腳步聲就會立刻停止。

腳步聲的速度還算快，會啪噠啪噠在走廊上四處遊蕩。若是不理睬，腳步聲便會消失在走廊盡頭。

然而，唯有妙子小姐聽得到腳步聲。無論是值夜班的搭檔或其餘職員，沒人聽過那樣的腳步聲。

真是詭異的情況。儘管這麼想，她並不打算追究。

因爲喜歡八卦的年輕職員，立刻會纏著她刨根問底。

加以職場上，一直有種想談論往昔廢墟的詭異八卦的氣氛。她實在不希望自身的遭遇成爲無聊話題中的一環。

在妙子小姐看來，那不過是夜班結束就會忘記的小事，何況腳步聲沒造成實際損害。

妙子小姐下定決心，不談論任何關於腳步聲的話題。

要是不會妨礙工作，她絕不會主動提及。

幾週後的某天深夜，妙子小姐一如往常在辦公桌前處理文書，聽慣的腳步聲啪噠啪噠走來走去，相當熱鬧。

她毫不在意，兀自埋首處理公務。

根據這幾週的經驗，只要開門踏出走廊，腳步聲就會停止。不過，要是放著不管，稍後也會自行消失。

每次都特意去檢查走廊實在愚蠢，掌握其中規律後，妙子小姐便任腳步聲胡鬧。嚴格說來，她無法確定那到底是不是腳步聲，總之充耳不聞就會消失。

每次都要起身到走廊實在麻煩，她乾脆當沒聽見。

那天晚上，腳步聲又啪噠啪噠在走廊上晃蕩。

妙子小姐繼續工作，腳步聲不久後停歇，似乎是短暫休息。

接下來，待腳步聲消失在走廊盡頭……今天就結束了。

妙子小姐暗暗想著，重新望向桌上的文件。而後，腳步聲啪噠啪噠再度響起。

再見。

妙子小姐在心裡道別，發現腳步聲的方向不同以往。

不是往走廊盡頭，而是前進辦公室。

啪噠啪噠啪噠，啪噠啪噠啪噠。

帶著溼氣的腳步聲，一步一步走向妙子小姐的辦公室。

怎麼回事？妙子小姐頓時感到疑惑，但她本來就不怎麼在意，便繼續工作。

啪噠啪噠啪噠，啪噠啪噠啪噠。

腳步聲在辦公室門口停下。

這到底是什麼怪聲？

……啪噠啪噠啪噠。

寂靜片刻，妙子小姐在辦公室裡聽見腳步聲。

她終於感到不對勁，望向辦公室門口，卻是空無一人。

啪噠啪噠啪噠。

妙子小姐搖搖頭，重新坐好，又聽見腳步聲。

啪噠啪噠啪噠。

帶著溼氣的腳步聲再度響起，接著停在妙子小姐背後。

她立刻回頭，依然沒看到任何人。

「眞傷腦筋。」她不經意望向腳邊，不由得尖叫出聲。

一個黑髮如瀑布般垂落的女人趴在地上，抬眼盯著妙子小姐。

女人穿著安養院職員的馬球衫和運動長褲，渾身是泥，髒兮兮的。

或許是受到驚嚇，女人彈起般往後一縮。

啪噠啪噠啪噠！潮溼的聲音響徹冰冷的地板。跟每晚走廊上的腳步聲一模一樣，連數量都相同。

那是手腳同時發出的兩組潮溼聲響。

妙子小姐終於發現，那不是複數的腳步聲，而是一個女人的爬行聲。

然而，就算恍然大悟，也爲時已晚。

啪噠啪噠、啪噠啪噠，伴隨著潮溼的聲響，女人再度爬到妙子小姐腳邊。

女人彷彿要擠入妙子小姐兩腿之間，靠近妙子小姐的膝蓋，緩緩抬頭仰望。

女人面如白蠟，青紫色靜脈像荊棘般爬滿整張臉。

女人直盯著妙子小姐，咧嘴一笑。

仔細一瞧，那女人就是妙子小姐自己。

妙子小姐嚇得從椅子上摔落地板，失去意識。

一之瀨先生強調，他不曾告訴姊姊小學的那次探險。

可是，時鐘工廠拆除後，妙子小姐仍在新建的安養院遇見自己。詭異的是，一之瀨先生當時看到的並非就讀中學的妙子小姐，而是長大成人的她。

聽到妙子小姐在職場的遭遇，他終於告訴姊姊當年碰到的怪事。

不久，妙子小姐便離開那間安養院，到別的安養院工作。

順帶一提，妙子小姐以前從未踏入時鐘工廠一步。

爲何另一位妙子小姐會在那塊土地徘徊？

至今仍不知緣由。

之後，那間安養院就傳出女鬼出沒的風聲。

菸灰缸

這是經營拉麵店的早坂先生告訴我的故事。

午餐時段結束，傍晚四點過後，他和兩名員工在廚房聊天，外場突然傳來「乓！」的巨響。

他們慌慌張張衝出去一看，和室矮桌上的玻璃菸灰缸掉落在地，摔了個粉碎。矮桌離地面約兩公尺。

店內關著窗，不可能是風吹落。

何況，菸灰缸頗有重量，不是會被風輕易吹落的物品。

若是惡作劇，到晚餐時段前店門都鎖著，沒人能進來。

當時店內只有早坂先生和兩名員工，且所有人都在廚房。

不管怎麼想都不合理，只能認爲是菸灰缸浮上半空，自行摔碎。

然後所有人都不見了　上

這是距今大約五年前，我結婚之前發生的事。

那年十月初，我和剛交往不久的妻子一起去東北的觀光勝地。寫出詳細地點可能會造成不便，且容我保密。

經過煙霧裊裊的溫泉街，我停下車等綠燈，注意到前方斑馬線邊緣站著三個穿和服的女人。

三人的和服花色一樣。黃布料上開著樸素的白花，配色相當沉穩。髮型也相同，都是留到肩膀的烏黑直長髮，劉海則剪成平整的一直線。

三人排成縱隊，身高像階梯般愈來愈矮。

最前頭的女子約三十多歲，中間是十歲左右的少女，末尾應是五歲的小女孩。從背影和年紀來看，三人似乎是母女。可能是旅館職員，或是從事藝伎之類的工作維生吧，我暗自推測。

副駕駛座上的妻子也發現她們，微笑稱讚「好漂亮的和服」。

三人沉默地站在步道半晌，靜靜邁開腳步，依序緩緩走過斑馬線。

我愣愣盯著她們，隊伍中間的少女突然朝母親伸出雙手，末尾的小女孩同樣朝前方的少女伸出雙手。

簡直像小學生在整隊。

「在胡鬧呢，眞可愛。」

妻子哼一聲，笑了出來。

「是啊。」我跟著附和，妻子的笑容卻倏地消失。

重新轉向前方，我的臉上頓時失去血色。

兩個女孩的雙手，各自快速插入前方穿和服的人背後。

那一瞬間，我以爲她們的雙手伸到對方腋下，但並非如此。

我無言注視著她們，發現她們的胳膊深深插進對方的背。

手指消失、手掌消失、手腕消失、手肘消失。

然而，手掌並未從前方的人腋下出現。

轉眼之間，手腕到肩膀完全陷沒。

兩個女孩的半副身軀，像被吸入前方的和服般消失。

胸口消失、臉孔消失、腹部消失、雙腿消失——

接著，整副軀體完全消失。

看似母親的女人後背，吞沒兩個女孩。

剩下走在最前頭的女人，只有她一個人。

女人在十字路口中央停步，脖子扭成奇怪的角度，望向我們。

面對驚愕的我們，她露出大膽的微笑，像瀰漫街道的煙霧般當場消失。

然後所有人都不見了 中

在溫泉街撞見詭異的「整隊」隔天，我和妻子前往一座著名的湖泊。

一早從旅館出發時，天空陰沉沉，到達湖畔後，轉爲飄著小雨的討厭天氣。原本十分期待的湖岸美景，受氣溫影響，籠罩著白茫茫的霧。

暗沉的鐵灰天空，加上霧氣環繞的湖，我彷彿身處另一個世界。

撐傘沿岸邊走一段路，但壞天氣完全破壞我們的興致。

腳步逐漸放慢時，我發現一座放有菸灰缸的小涼亭，決定休息片刻。妻子想逛逛附近的土產店，我便加快腳步跑過去。

眺望著薄霧籠罩的湖面，我愣愣抽著菸。這座湖很大，霧靄和小雨妨礙視線，根本看不見對岸。

與其說是賞湖，更像被迫凝視白色的懸崖。

默默盯著懸崖，心情愈來愈差，於是我的目光移向湖畔。

一個蹲在前方岸邊的女人映入眼簾。

天氣這麼冷，那女人卻穿著單薄的白和服，而且沒撐傘。留到肩膀的烏黑直長髮，被帶雨的風吹向一旁。

女人背對我，低頭凝視湖面。

她在看什麼？我納悶著，定睛望向女人視線前端。

夾帶細雨的風，在混濁的黑色水面激起小小漣漪，餘波蕩漾，宛如黏稠的生物。然而，沒任何值得一看的景象。

放眼望去，淨是看了會心情變差的風景。

反正那女人不屬於這個世界吧。

第一眼看到她，我便有所察覺。

白茫茫的寒空，漆黑混濁、蠢蠢欲動的冰冷湖面，蹲在岸邊的白和服女人。

多麼鬱悶的光景，果然帶來踏入那個世界的感受。

我有些煩悶，重重嘆氣。

霎時，眼前的湖面突然嘩啦啦地冒出水花。

剛好就在那女人蹲著直盯的正前方。

原以為是魚從湖裡跳出來，我默默注視岸邊的動靜，但顯然不對勁。

水中飛出的是小女孩的頭。

接著，又冒出一道水花，果然也是小女孩的頭。

我見過她們。

兩人在混濁的水面激起巨大水花，走到女人蹲踞的岸邊。

十歲和五歲左右的女孩，髮型和岸邊的女人一樣，都是及肩的黑髮。

沒錯。

昨天，我在溫泉街十字路口碰到的孩子，就是她們。

唯一的差異是，從湖裡上岸的她們光著身子。

那麼，蹲在岸邊的女人，就是昨天領頭的女人吧。雖然和服花色不同，但髮型和背影一模一樣。

可是，溫泉街離這座湖約五十公里。

……跟過來了嗎？

這麼一想，心情頓時糟糕透頂。

渾身溼透的兩個女孩一上岸，就挨近和服女人。一下在她身邊跳來跳去，一下又轉來轉去，像不斷在對女人說話。

不久，女人靜靜站起，兩手各牽一個女孩。

三人並排著，緩緩走向湖面。

她們踏進冰冷的湖水，像要分開湖面般，三人並肩下沉。

湖水浸到腰際，旋即淹至胸前、肩膀、頭部、耳朵，黝黑的波浪起伏，將她們吞進水中。

終於連頭頂都沉入水裡，之後三人再也沒浮出水面。

陰暗混濁的湖面，只剩三人留下的巨大漣漪靜靜搖晃。

購物結束，妻子回到呆立原地的我身邊。

她想拿數位相機拍攝湖面，我連忙阻止：「還是不要吧。」

然後所有人都不見了　下

我們沿著湖往南走，當晚住在一間小旅館。

說是旅館，不過是比民宿強一點的建築，房間僅有八張榻榻米大，非常狹窄。旅館周圍零星散布幾家還過得去的商店和酒鋪，其餘是田地，沒有可用來打發時間的觀光景點。

吃光晚餐，洗完澡，就沒什麼事可做。

我和妻子配著寒酸的下酒菜小酌，但旅途累積的疲憊加上醉意，睡魔很快來襲。最後，我們早早鑽進被窩，墜入夢鄉沉沉睡去。

隔天早上，妻子用力抓著我的肩膀猛搖。

發生什麼事？我起身一看，發現妻子泫然欲泣，在床邊不停發抖。

「她似乎跟過來了……」

妻子指向拉開的窗簾。

那是剛剛發生的事。

一早醒來的妻子，茫然眺望窗外景色時，發現昨天的母女。

她們並肩站在旅館後面的田中央，似乎在交談。

三人都穿淺蔥色和服。雖然和服顏色與昨天不同，但從髮型和背影看得出是同一母女。

糟糕！妻子想著，連忙要拉上窗簾，卻慢了一步。

妻子伸手拉窗簾時，三人不約而同轉向她。

她迅速拉上窗簾，將我搖醒。

我半夢半醒從被窩裡坐起，妻子貼在我身後。

用力拉開窗簾一看，母女三人已消失蹤影。

我不禁鬆口氣，但妻子的話讓我心頭一緊。

「跟你在一起，淨看到奇怪的景象……」

妻子挨著我冒出一句，我無言以對。

不過，該說是不幸中的大幸嗎？之後，神祕的母女沒再出現在我們面前。

女巨人

跟你在一起，淨看到奇怪的景象……

妻子雖然這麼說，其實少女時代起，她便時常看到詭異的東西。

國小四年級，秋風大作的夜晚，她在老家目睹怪事。

她很早就洗好澡，回房途中，忽然在走廊上聽到女人銀鈴般的嬉笑聲。

環視四周，她發現雙親當臥房的和室拉門半開。

以爲母親在房裡，她湊近拉門縫隙，偷看房裡的狀況。

沒有燈光的和室中央，坐著穿藍色十二單衣的高大女人。

女人的身軀龐大，坐著便能俯視站立的妻子。

一看見妻子，女人眼角含笑，又「嘻嘻」一聲。

妻子頓時僵在原地。

靜悄悄的黑暗和室裡，響起尖銳的衣物摩擦聲。女人緩緩站起。

她的腦袋碰到天花板，歪著脖子，肩膀和背部緊貼天花板。

頂著天花板，她的身軀折成「つ」狀。

咚。

沉重的地面震動聲逐漸貫穿妻子。

女人朝妻子邁出一大步。

和窗簾一樣長的烏黑直髮左右搖動，發出沙沙聲。

女人米袋般的圓臉浮現柔和的笑容。

那是毫無惡意的溫柔笑臉，但也十分嚇人。

咚。

地面再度震動，女人歪到一邊的臉孔更加靠近妻子。

這時，妻子終於使勁全力尖叫。

一回神，那女人已消失無蹤。

奶奶

妻子就讀高二的夏天，奶奶去世。

傍晚，奶奶穿越自家前面的馬路時，遭酒駕的汽車撞倒。

從小就是奶奶帶大的妻子，難過到連葬禮都無法參加。

百日後不久，妻子開始睡在佛堂。她覺得躺在奶奶的牌位前，就像和奶奶在一起。

在佛堂打地鋪幾天後，妻子碰到怪事。

一到半夜兩點，緣廊那邊的窗戶就會傳來叩叩的敲打聲。雖然不大聲，卻非常執拗地持續著，吵得她醒來。

那顯然是有人在敲窗。食指第二關節敲著窗戶的影像，清楚浮現在妻子眼前。

妻子太害怕，不敢從棉被探出頭。不過，在她醒來後，敲打聲大約持續五分鐘就會消失。有段日子，她每晚都僵硬地躲在被窩裡，拚命忍耐。

雖然曾告訴雙親，但雙親不相信，認爲是她想太多。

妻子考慮暫時搬回自己的房間，最後仍選擇留在佛堂。

當時，妻子的房間位在面向前院的二樓，恰恰在響起敲打聲的緣廊正上方。假如搬回房間還是傳來敲打聲……想到這裡，妻子在二樓根本無法入睡。

待在佛堂，奶奶和祖先會守護她。敲打窗戶的聲響雖然恐怖，但比獨自睡在二樓安心。

約莫一週後的某晚，等敲打聲停止，妻子靜靜打開門，走出佛堂。每天這麼聽下來，她漸漸習慣那道聲響。她不是不害怕，卻有股想一探究竟的衝動。

她踏出走廊，稍稍掀起面向緣廊的窗簾。

接著，她湊近玻璃，窺看戶外的狀況。

前院另一邊，自家門口處有一個模糊的人影。由於一片黑暗，又離得遠，看不清對方，不過似乎是白髮的老太婆。

那恰巧是爲去世的奶奶獻花的地點。

妻子直覺認爲是奶奶。

她聚精會神，試圖看清門口的人影。

人影的輪廓模糊，也像一道人形的煙。

人死之後就會變成這樣嗎……

她默默思考著，奶奶徐徐走近。

搖搖晃晃、身影模糊的白髮奶奶步向妻子。

隨著距離縮短，臉孔和服裝逐漸清晰。

她穿淺藍短袖T恤、深藍工作褲、白長雨靴，髮型好似棉花糖十分蓬鬆，身材矮小圓胖。

從服裝、髮型到體型，和妻子認識的奶奶完全不一樣。

她看見對方的臉孔。

那是個陌生的老太婆，臉上浮現令人膽寒的微笑。

妻子如遭落雷擊中脊椎，慌慌張張離開窗邊，又僵立原地。想要逃走，她的膝蓋卻抖個不停，無法動彈。

在這期間，陌生的老太婆徑直緩緩靠近妻子。

強烈的恐慌下，妻子雙唇顫抖，呼吸紊亂，脖子滲出冷汗。

妻子和老太婆的距離，隔著一片玻璃縮短到只剩幾公尺。

她清楚看見老太婆的臉孔，老太婆雙眼充血。

布滿皺紋的臉上感覺不出一絲親切或溫柔，只有充滿殺意和狂氣的猙獰笑容。

老太婆一腳踩上緣廊，不祥的笑臉逼近妻子。

她會殺了我……

這麼想的瞬間，衣領突然被拉住，妻子大大後仰，倒退幾步。接著，一雙滿是皺紋的手伸過來，拉上微微掀開的窗簾。

「不要緊，快去睡吧。」

身後響起熟悉的溫柔嗓音，那是她忘也忘不了的奶奶聲音。

「奶奶！」

妻子哭著回頭，漆黑的走廊上空無一人。

驀地，院子傳來「咚！」的疑似爆炸聲。

在那之後，當晚沒再發生怪事。

翌日起，妻子繼續在佛堂打地鋪好一陣子。

經過那一夜，她不曾再聽到怪聲。

直到現在，只要談起這件事，妻子便會雙眼閃閃發亮地說：「是奶奶解決她的。」

偷窺的眼睛

後來妻子告訴我，高中最後一個暑假曾發生這種事。

某日白天，她前往老家附近的錄影帶出租店。

走到最裡面的日本電影專區，她微微彎腰瀏覽成排的錄影帶側標，突然感到前方有一道強烈的視線。

疑惑地抬頭一看，鐵架的細長縫隙之間，陌生男人的混濁褐眼直盯著她。

雖然嚇一大跳，她仍若無其事地別開臉。

她抬起頭移動腳步，試著平復心情，將目光轉回架上的錄影帶。

然而，過一陣子，她又感到前方有一道強烈的視線。

她戰戰兢兢地再度抬頭，男人果然還是盯著她。

男人從成排的錄影帶和木板之間的縫隙窺伺，妻子只能看見對方的部分臉孔。

男人的臉頰泛黑，油光滿面，鼻子的毛孔明顯。

她終於察覺不對勁，快步離開。

走向出口時，她望向架子的縫隙。

男人的雙眼流暢地配合著妻子的腳步前進。

她一陣毛骨悚然，將視線轉回前方。

這樣搞不好會在架子盡頭碰個正著，萬一發生什麼事可不妙。從男人的行動看來，顯然大有問題。

妻子下定決心，迅速步向架子盡頭。

然而，再度瞄向架子縫隙，男人的雙眼依然與她並行。

距離架子盡頭約一公尺，妻子又瞥向架子縫隙。

妻子視線的前方，那對混濁的褐眼仍盯著她。

還跟著不放，這樣肯定會在架子旁的通道碰上……

走到通道就全速逃出去吧。妻子惶惶不安，從錄影帶架的盡頭拚命往外衝。

霎時，她忽然停下腳步。

錄影帶架的另一邊是牆壁。

她這才想起店內的陳設。

日本電影專區是在最深處，錄影帶架緊靠著牆壁。

不是薄如紙片的人，不可能從架子另一邊偷窺妻子。

縫隙

妻子在少女時代碰到的怪事大致如前述。

窺探拉門縫隙時，撞見女巨人。從窗簾縫隙往外看，引來陌生的老太婆。男人從錄影帶出租店的架子縫隙偷窺她。

若說其中有何因果關係，「窺看」的行為顯然是導火線。聽著我的分析，妻子神情一暗，低下頭。

至今，妻子仍非常害怕微開的門與窗簾的縫隙。

前些日子，發生類似的情況。

早上起床後，妻子注意到玄關的門稍稍打開。從門縫的大小，她推測是貓跑出去。牠偶爾會以前腳抓啊抓地撥開拉門。

眞傷腦筋，妻子暗暗想著，伸手開門。

一抬起頭，只見有個女人透過約十五公分寬的門縫看著她。女人一頭烏黑直髮，雙眸細長，像是四十多歲，非常清瘦。

妻子不禁尖叫，急忙後退。

看到妻子如此驚慌失措，女人仍面無表情。

雖然嚇一跳，但搞不好是來諮詢的客人，於是妻子重新振作，向對方打招呼。

可是，女人沒反應，沉默盯著妻子。

「請問有什麼事？」

妻子戰戰兢兢再次詢問，才發現不對勁。

她用力關上拉門。

女人脖子以下空空如也。

只有頭顱漂浮半空，緊貼在門的彼端。

妻子無意間的「窺看」行爲，又引來怪事。

處罰

高三第二學期，船岡先生到京都畢業旅行。

第一天的行程是參觀京都市內的神社寺院。在年輕的船岡先生眼中，簡直和拷問沒兩樣，無聊至極。

樸素的寺院、華麗的寺院。清瘦的和尚、肥胖的和尚。破舊的神社、巨大的神社。巴士嚮導傻笑著，對徘徊在神社寺院的老人集團裝模作樣地進行說明。

船岡先生參觀各地的感想大致如此。

秋天的京都恰逢紅葉的全盛季節。宛如紅蓮的鮮紅楓葉鋪天蓋地，妝點古都各處，觸目所及盡是紅色、紅色……他絲毫沒有這種興致。

不管是寺院或大自然，總之他就是討厭令人心境祥和的地方。

無論去哪裡都很無聊。參觀愈多景點，船岡先生愈想懶洋洋躺著，感受不到任何樂趣。

幹嘛要來這麼土氣的地方浪費時間，東看西看啊？老天，眞是無聊透頂。累斃了，超想睡。去死好了，我要回家。

每到一個地方，船岡先生就不停向周遭的人抱怨。

之後，一行人抵達某座神社。

「因爲我是笨蛋，不記得名字，不過是滿大的神社。」本人如此表示。導師簡單說明注意事項，全班便分組在神社境內自由行動。不過，其實沒有特別值得欣賞的文物或該做的事。

船岡先生只好和一起調皮搗蛋的同組成員晃來晃去。雖然去逛土產店，但淨是老人家才會喜歡的商品，或根本看不出用途的東西，完全不夠打發時間。

過一會兒，有人想要抽菸，船岡先生贊成。眞的是不抽一根不行。

不過，得找個適合的地點。於是，眾人坐立難安，隨即出發尋覓隱蔽之處。沒多久，他們在正殿後方稍遠的區域發現一座小祠堂。

小樹林環繞祠堂，且毫無人煙，簡直像特地爲他們準備的地點。眾人躲在祠堂後面，偷偷點菸。

一群人大抽特抽，終於放鬆下來。

心滿意足後，船岡先生腦海浮現一個無聊的提案。

「難得來到京都，不如留些紀念吧。」

他從皮夾取出十圓硬幣，夾在拇指和食指之間。

接著，他湊近長滿青苔的祠堂木牆，用力刻起自己的名字。

船、岡、到、此、一、遊。

刻完抬起臉，他的額頭突然發出「碰」一聲，受到巨大的衝擊。

像是有人拿著大石頭，狠狠毆打他。

他眼冒金星，腦袋一片空白。

下一瞬間，船岡先生已坐在新幹線車廂裡。

鄰座和走道另一側的同伴在大聲吵鬧。

他一頭霧水，慌慌張張地詢問，大夥露出「你在搞什麼？」的神情，告訴他全班都在回家的新幹線上。

騙人……

船岡先生以爲眾人聯手欺騙他，但立刻推翻這個想法。同伴一副受不了的模樣，淡淡地說：「我們不是大玩特玩整整三天嗎？」

根據其他人的說法，船岡先生昏倒後，仍若無其事地繼續旅行。

晚上在旅館的宴會廳吃大餐，接著泡溫泉，一直吵鬧到深夜才就寢。

隔天分組在京都市內自由活動，玩得十分開心。

「那時候玩得超過癮！」

同伴們嘿嘿嘿地笑道。

今天早上，導師帶著全班逛過無趣的觀光景點，終於能踏上歸途。

同伴們異口同聲，滿不在乎地說著。

這幾天我到底做了什麼啊！

你不是和我們一起玩得很盡興嗎？眾人立即回答。

不可能，沒這回事！他拚命反駁，同伴們馬上以一句「你描述的情況更不可能」堵回來。

大夥爭執不休之際，新幹線即將抵達目的地的車站。

最後，船岡先生的畢業旅行回憶，只有第一天無聊至極的神社寺院參觀行程，及歸程新幹線上的難看爭執而已。

被捉弄了

幸惠小姐一如往常地結束工作，踏上歸途。

從自家公寓前往任職的工廠，徒步約十五分鐘。

這天，她穿過工廠後方的田地，走進兩旁零星散布民宅的狹窄林道，這是她習慣的通勤路線。

由於工作的緣故，她搬來已近三年。繞完附近一帶，她發現這是離工廠最短的路線。之後，每天她都走這條路線上下班。

通過沒有人煙的林道時，背後忽然傳來一聲「喂」。

回頭一看，一個四歲左右的小女孩站在路中央。

女孩的短髮用大大的蝴蝶結綁成沖天炮，非常可愛。

「妳好，怎麼啦？」

幸惠小姐微笑回應，女孩吃吃笑著，朝她招手。

「什麼事？」

幸惠小姐不趕時間，所以折回女孩身旁。

女孩抬頭盯著她半晌，又掩嘴吃吃笑著說「這邊」，消失在林間。

附近雖有幾戶人家，小孩子跑進傍晚的樹林依然危險。不曉得是哪家的孩童，但不能放著不管，幸惠小姐跟著跑進樹林。

她凝目細看，腳步不穩的小小背影往前奔去，距離拉得很遠。

「喂，等一下！很危險！」

不理睬幸惠小姐的叫喚，女孩一個勁衝向樹林深處。

「等等，眞的危險，不要這樣！」

幸惠小姐愈來愈焦躁，不禁加快腳步想追上女孩。

「啊！」前方傳來慘叫。

幸惠小姐連忙撥開雜草，只見女孩掉入小水池，拚命掙扎。

她嚇得臉色蒼白，朝溺水的女孩伸出手。

女孩抓住她的手時，以不像孩童的力氣拉著她，害得她栽進水池。

隨著水花激起的巨響，冰冷沉重的感覺傳遍全身。耳朵進水、喉嚨深處被水堵塞，鼻腔一陣刺痛。

奮力掙扎之際，幸惠小姐在混濁的水中隱約看見女孩的表情。

女孩在笑。

被捉弄了。不知爲何，幸惠小姐直覺這麼想。

她努力揮舞四肢，試圖上到水面。然而，不論她怎麼掙扎都沒用，女孩扯著她的腳。

這樣下去，她恐怕會沉入池底。

她察覺自己渾身無力，眼前漸漸轉黑。

啊啊……原來死掉就是這種感覺嗎？這麼想著，她忽然喪失意識。

清醒時，幸惠小姐發現身處黑暗中。

她試著伸展四肢，卻像被壓住。不單手腳，連頭都無法轉動。

即使如此，她仍不斷扭動，很快察覺自己被塞進某種冰涼柔軟的東西裡。

不僅呼吸困難，渾身還充滿無法言喻的不舒服。

不能待在這裡。幸惠小姐感覺自己待在非常荒謬的地方，焦躁和恐懼不斷湧上心頭。她陷入恐慌，竭力呼救。

大聲喊完，眼前的黑暗倏地崩壞消失，一個戴草帽的老爺爺盯著幸惠小姐。

「啊！」老爺爺不理會幸惠小姐的尖叫，若無其事地說：

「馬上讓妳出來，老實等著。」

他迅速剷除幸惠小姐周遭的黑暗。

不久，老爺爺拉起幸惠小姐。

究竟發生什麼事？剛想開口問，她不經意瞥見身後的東西。

一辨認出，幸惠小姐撇下嘴角，發出慘叫。

剛剛幸惠小姐居然埋在巨大的牛糞堆肥山裡。

理所當然，幸惠小姐從頭到腳沾滿牛糞，散發強烈的惡臭。

她忍不住當場嘔吐。

「妳在哪裡被捉弄的啊？」

老爺爺一派輕鬆地問。幸惠小姐癱坐在地，皺著臉痛哭。

「咦，什麼意思？」

幸惠小姐一頭霧水地反問，老爺爺露出興味盎然的神情解釋：

「若是小女孩拉妳的手，就會被埋在我家的堆肥裡。換成漂亮姊姊，就會在對面的豬圈，全身沾滿大便度過一晚。」

「是小女孩。」幸惠小姐立刻回答。

「果然。」老爺爺心領神會般應一句，放聲大笑。「沒關係，反正保住小命。偶爾會遇到這種狀況，但不會眞的受傷，放心吧。」

「那到底是什麼？」幸惠小姐追問。

「狐狸之類的吧。」老爺爺一臉理所當然。

「偶爾的意思是……其他人也碰過這種事嗎？」

「是啊。大夥算是受害者……回家後，往往絕口不提。我不會告訴別人，妳儘管安心。」

語畢，老爺爺又哈哈大笑。

之後，幸惠小姐向老爺爺借浴室及換洗衣物。

老爺爺家裡，待著看似老爺爺妻子的老太太，和應該是媳婦的年輕女子。兩人熟練地「處理」全身堆肥的幸惠小姐，異口同聲地說「辛苦了」，非常同情她。這是她最驚訝的一點。

向老爺爺一家道謝後，幸惠小姐穿過大門，發現老爺爺的房子蓋在樹林中，是幢毫無特色的透天厝。

過幾天，前往老爺爺家歸還換洗衣物後，幸惠小姐便改變通勤路線。

弁天大人

這是距今超過半世紀的往事。

古畑先生還小的時候，自家附近有一間小澡堂。

當時許多人家中沒有浴室，每到傍晚，街坊鄰居不分老少，都會聚集在澡堂，十分熱鬧。

澡堂的熟客中，有個姓森的大叔。

森大叔是所謂的「地痞流氓」。長著眉毛淡薄的嚇人臉孔，髮型是燙起來的平頭，乍看之下，渾身散發著危險氣息。

然而，和凶惡的外表相反，森大叔非常親切。泡在浴池裡的他總面帶微笑，開朗地和旁人聊天，對小孩子更是疼愛有加。

不用說，古畑先生也喜歡森大叔。

森大叔的背部彩繪有拿著吉他的上空裸女。

其他大叔背上當然沒這樣的畫。

在年幼的古畑先生眼中，那樣的畫十分稀奇，他不時會偷瞄森大叔的背。

有一次，他下定決心問森大叔：「背上的阿姨是誰？」

「這不是阿姨，是神明啊。」森大叔豪爽笑道，

「神明？」古畑先生疑惑地偏著頭，森大叔瞇起眼微笑解釋：

「對，是弁天大人。遭遇危險或傷腦筋時，祂會幫助我，是令人感激的守護神。」

年幼的古畑先生不懂森大叔話中的含意，只隱約感覺得出森大叔非常重視弁天大人。

得知弁天大人的故事後，古畑先生和森大叔的關係變得更融洽。有時森大叔會要古畑先生幫忙擦洗背後的弁天大人，作爲回禮，森大叔泡完澡，會請古畑先生喝咖啡牛奶。

不知是當時的社會氣氛較不拘謹，還是古畑先生老家一帶對森大叔這種身分的人特別寬容，總之，包含古畑先生的雙親在內，周遭沒人反對他們的往來。

兩人依舊相處融洽的某一天。

一如往常，古畑先生泡在浴池裡時，森大叔走進來。

平常長得嚇人的森大叔，那天看起來更凶惡。

古畑先生發揮孩童的直覺，遠遠觀察著森大叔。

一臉凶惡的森大叔進到浴池後，和周圍的大人交換三言兩語，就不再開口，只沉默

板著面孔。

沒多久，森大叔離開浴池清洗身體。

即使古畑先生還小，也看得出森大叔紅著眼，專心擦洗背後的弁天大人的模樣不對勁。

古畑先生有點在意森大叔，但當下不是能夠出聲搭話的氣氛。他泡在浴池裡，無言盯著森大叔的背好一陣子。

森大叔以熱水嘩啦啦地沖掉背上的泡沫，露出熟悉的弁天大人。

今天的大叔雖然很嚇人，不過弁天大人的神情總是那麼溫柔……

森大叔平常都會和他玩，他有點不高興森大叔的態度，在心中嘀咕。

愣愣盯著弁天大人，突然發現弁天大人的雙眼轉向他。

哇，動了！

嘩啦一聲，古畑先生不由得從浴池站起。

雖然驚訝，他卻沒感到一絲不可思議或恐懼。

弁天大人眨著眼，但只有雙眸在動，身體沒有任何動作。

古畑先生坐在浴池邊緣，忍不住嚥下口水。他仔細觀察弁天大人，接著換成嘴巴動了。

（kakizaki no ie, oshiire no ue）

聲音直接傳入古畑先生腦中，周遭的大人似乎都沒發現。

（什麼意思？）

古畑先生無聲掀動嘴唇，反問弁天大人。

（kakizaki no ie, oshiire no ue）

弁天大人在古畑先生腦中重複相同的話。

（柿崎的家，壁櫥的上面？）

古畑先生暗自複誦後，弁天大人彷彿露出微笑。

於是，弁天大人的眼睛回到原位，不論古畑先生怎麼問，都沒再動過。

過一會兒，森大叔走出浴場，古畑先生下定決心追上。無論如何都要告訴森大叔，剛剛弁天大人跟他說的話。

在更衣處也一臉凶惡的森大叔擦著身體，古畑先生鼓起勇氣叫喚。「喔，是你啊。」森大叔消沉地扯出微笑。

「呃……叔叔，柿崎的家，壁櫥的上面。」

古畑先生一說完，漫不經心看著他的森大叔忽然雙眸圓睜。

要挨罵了！古畑先生怕得挺直背脊。

「謝啦，小朋友。」森大叔只應一句，摸摸古畑先生的頭，便匆匆穿上衣服衝出澡堂。

隔天，古畑先生一到澡堂，就看見森大叔笑容滿面地泡在浴池裡。

「小朋友，來一下。」他向古畑先生招招手。

「託你的福，叔叔的工作順利解決。」

森大叔歡快地說著，又摸摸他的頭。

「怎麼回事？」聽他一問，森大叔回答：

「其實，這幾天叔叔『公司』的重要物品不見。沒有那個東西，『公司』會發生許多問題，上面的人肯定會責怪叔叔。拚命調查後，我發現是『公司』裡的某人偷走，但依然不曉得犯人的身分。正當我在傷腦筋時，託你的福順利找到犯人。」

語畢，森大叔爽朗地笑了。

洗完澡，他請古畑先生喝咖啡牛奶和彈珠汽水。冰涼的咖啡牛奶汩汩流進發燙的身體，古畑先生笑逐顏開。

森大叔在一旁擦背，感慨地低喃：

「弁天大人總會像這樣，在我有難之際出手相救。」

「弁天大人會說話，好厲害！」

古畑先生轉開彈珠汽水，附和道。

「是啊。只是，我一次都沒聽過那個『聲音』。」

森大叔搖搖頭，接著豪爽的笑聲響徹更衣處。

之後的幾年，古畑先生仍經常和森大叔一起泡澡，但弁天大人只跟他說過那麼一次話。

不知不覺間，森大叔也從當地消失，沒再聽過他的消息。年屆花甲的古畑先生這麼補充。

這是我小時候的奇妙回憶，不過是眞有其事喔。

古畑先生如此作結，布滿皺紋的面龐綻放出笑容。

通知

高中時，阿圭曾跟要好的學長和朋友一起尋訪靈異地點。

午夜，阿圭一群人搭著學長開的車，以手機上網檢索附近的靈異地點，找到幾個看起來可去的地方。

一開始是謠傳會有幽靈上車的山中隧道，接著是會有跳河身亡的女人啜泣的老舊橋梁，然後是常有人目擊幽靈出現的墓園。

不過，不論去哪裡，別說幽靈，根本沒發生任何怪事。起初興奮不已的一群人，漸漸感到無聊。

由於還有時間，他們回程最後停靠的地方，是阿圭老家附近山腳下的小神社。從以前就傳聞此處深夜會聽到女人的笑聲，或看到白色人影，離開途中一定會發生車禍。在阿圭這些學生之間，算頗有名的靈異地點。

之所以沒列入靈異地點兜風之旅，不是害怕，而是太近，缺乏新意。

不久，學長開到神社前。

眾人下車後，穿越茂盛樹林間的鳥居，慢慢走上長長的石階。

阿圭一行五人，各自拿出手電筒，因此周遭總是亮晃晃的。

這是掃興的原因之一。

再加上已是第四個靈異地點，到目前爲止沒發生任何怪事，眾人失去緊張感，也覺得厭煩。

「喂，根本沒什麼幽靈吧？」

學長懶洋洋地抱怨，眾人跟著附和。

他們笑鬧著走到石階盡頭，踏進神社境內。

「聽說眞的有人去世。」

阿圭一行後方傳來女人的話聲。

阿圭的同伴中沒有女性。

「剛剛是……」

某人發出疑問的瞬間，手電筒的燈光一齊熄滅。

哇！眾人尖叫著，連滾帶爬衝下黑暗中的石階。

「剛剛那是什麼？到底是怎樣！」學長吼到倒嗓。

「不知道、不知道……」其他人只能這麼回答，拚命衝進車裡。

輪胎在馬路上發出尖銳的摩擦聲，學長氣勢洶洶發動車子，用力踩下油門，簡直像要自爆般在鄉間路上疾馳。

之後究竟經過哪些地方，阿圭毫無記憶，僅僅記得大夥在暴衝的車內不斷尖叫。

一回過神，車子已停在當地便利商店的停車場。

剛剛的聲音到底是怎麼回事……

他們討論著，忽然發現彼此的臉上有些不對勁，但搞不清是哪裡不對勁。

找出原因的瞬間，車內再度響起一陣尖叫。

包含阿圭在內，所有人的睫毛都被拔掉了。

碰！

不是什麼了不得的事也行嗎？

典子小姐有些沒自信地開口。

那是她小學六年級時的遭遇。

當時她是廣播社成員。在放學時間廣播提醒大家盡快回家後，她前往離廣播室最近的校舍西側廁所。

一踏進廁所，獨立隔間的四道門發出「碰」的巨響，一齊關上。

原以爲是有人惡作劇，她試著問：「是誰？要做什麼？」然而，隔間內沒傳出任何回應。

她有些內急，直接去拉近旁的門。

門毫無阻礙地打開，裡面空無一人。

不會吧……典子小姐依序打開所有隔間的門，卻不見任何人影。

西川同學

知美小姐有個高中同學名叫西川憲明。

他是個安靜沉穩的學生，總若有似無地散發成熟大人的氣息。

知美小姐偷偷喜歡著西川同學。然而，她十分怕生，提不起勇氣搭話，不知不覺間就迎來畢業典禮。

一句話都說不出口，或許今後再也無法見到西川同學……

雖然有些感傷，她仍翻開畢業紀念冊懷念西川同學。

沒有。

她仔細查看全班的照片，依然找不到西川同學。

高三時，知美小姐和西川同學同班，畢業紀念冊不可能沒有他的照片。然而，不論怎麼找，就是沒有他的照片。

搞不好是印刷錯誤，放到別班……

她暗暗推測，一班一班地確認，卻仍找不著。

即使如此，她還是不放棄，翻來覆去查看好幾次。忽然，她注意到一個名叫西川郁美的同學。

那是少女西川郁美的照片。

同樣是女孩，知美小姐對她毫無印象，不過她姓西川。

不僅如此，她的五官和氣質與西川同學頗相似。

知美小姐陷入混亂，到底發生什麼事，或曾發生什麼事？她完全無法理解。

她以爲是自己搞錯，但根本不可能。

這三年間，她一直注視著西川同學。

端正的長相、纖瘦的身材，有時會開朗大笑，聲音、動作、髮型，乃至於他的一切。

包含她抱持的淡淡愛意，都留在記憶裡。

強烈的不安驅使她打電話給爲數不多的朋友。對方一接起電話，她便劈頭詢問西川同學的事。

「西川同學？我們班沒有姓西川的男同學，妳是指女生的西川同學吧？」

話筒彼端的朋友發出帶著嘲弄的笑聲。

「不對，是男生的西川同學，不是女生的西川同學！妳不記得嗎？到現在我才敢講，我一直喜歡西川同學。妳知道西川同學吧？」

對方沉默半晌，還是回答：「抱歉，我不知道。」

結束通話，知美小姐趴在床上痛哭。

重要的人從這個世界消失，轉眼就消失了，而且是以如此不可理喻的方式消失。

心裡彷彿開了大洞，知美小姐感受到前所未有的失落感。

之後，她反覆確認畢業紀念冊，依舊找不到西川同學。

歲月流逝，知美小姐迎來成人式。

那天舉辦了高中同學會。

抵達會場所在的居酒屋，一走到桌邊就看見西川郁美。

遠遠望著對方的側臉，她彷彿看見西川同學。

猶豫片刻，她決定向對方搭話。

她心跳加速地坐在西川同學身旁，互相打招呼。西川同學低調沉穩不多話，待人和善，怕生的知美小姐也能夠自然交談。

她們啜飲著人生第一杯酒閒聊，漸漸聊到不那麼拘謹的話題。

藉著酒精的力量，知美小姐決定告訴對方男的西川同學的事。

反正對方一定會嘲笑我，或覺得我很掃興吧。知美小姐暗自後悔，但聽完她的話，西川同學卻露出憂鬱的神色。

「我是異卵雙胞胎，」西川同學輕輕點頭，「妳看見的應該是我哥哥。」

西川同學五歲時，雙胞胎的哥哥重病去世。

他名叫憲明，與知美小姐高中同班的西川同學同名。

「雙胞胎很不可思議。即使其中一人離世，另一人仍會感受到對方的氣息。雖然哥哥已不在世上，但我一直覺得他和我在一起。」

妳一定是在我身上看到哥哥……

西川同學含淚微笑著問：

「方便告訴我，妳看到的哥哥是什麼模樣嗎？我能感覺到他，卻看不見他。」

之後，兩人熱烈談起高中時期知美小姐對西川憲明的回憶。

知美小姐的戀情虛幻地結束，可是，經過那一晚，她得到名叫西川郁美的好友。

至今，兩人仍經常愉快地聊著高中時代對西川同學的回憶。

櫻之君

距今三十幾年前，久野先生還是學生。

久野先生的老家蓋在一級河川岸邊，是一棟雙層透天厝。他的房間在二樓，可望見河面。

對岸沿堤防種著一排漂亮的櫻花樹。老家一帶不是觀光地，人影稀疏，但一到春天，就能透過窗戶飽覽壯觀的春櫻景色。

國中二年級，久野先生第一次看到那名女子。

週日下午，他坐在書桌前寫作業。

陽光十分溫暖，他不禁望向窗外，發現對岸盛開的櫻花中有個女子。

那是個穿淡粉紅長袖和服的清純女子，美到周圍的櫻花都黯然失色。

年紀約二十出頭，皮膚白得驚人，像捏糖人般纖瘦。她沒綁起烏黑長髮，任和煦春風吹拂，輕輕飄飄向一旁。青綠腰帶，搭配胸前隱約可見的白半襟，漂亮得令人眩目。

她佇立在櫻花樹下，靜靜看著河流。

那身姿實在太夢幻，久野先生不由得屏氣凝神。

他忘了作業，握著鉛筆，愣愣注視她半晌。心跳加速，呼吸紊亂，滿腦子胡思亂想，無法冷靜。這是他人生初次強烈意識到異性的一刻。

他彷彿陷入夢境，盯著她快一個鐘頭。她就是如此迷人，久野先生根本無法思考，一顆心成爲對方的俘虜。

要不是樓下傳來母親的呼喚，久野先生會繼續凝望著她。做完母親交代的事，回到房間後，女子已消失蹤影。

幾天後，女子又出現在櫻花樹下。

放學回家，久野先生走進房間，就看見她以相同的姿態站在對岸相同的位置。

雖然不曉得名字與來歷，但那種小事無所謂。他能一直看著她，一直陷在難以呼吸的感覺中，有時可讓無法傳達的心情乘著風，向她說悄悄話。

我喜歡妳、我喜歡妳、我眞的好喜歡妳……

僅僅如此，他就激動不已，心跳加速。

十四歲那年的春櫻景色，毫無疑問就是久野先生的初戀。

於是，每天他都迫不及待地回到自己房間。

放學後，他便急忙衝進房裡，沉醉在女子的身影中。

除了雨天和春風呼嘯的日子，女子都會出現。

樓下傳來母親提醒開飯的叫喚聲，成爲分別的信號。吃完晚飯回房，女子早就不在。

這也是理所當然，畢竟已是晚上。

不可思議的是，純眞的久野先生從未猜測女子住在哪裡。

同樣地，他不曾想去見女子。通往對岸的橋梁很遠，而且對岸是學區外的未知土地，也是理由之一。

然而，眞正的原因是缺乏勇氣。直接去見女子、接觸女子，對多愁善感的國中生來說，實在頗爲尷尬、害羞和恐懼。

維持原狀最好，不能期待更多。每當受到衝動驅使，他便堅定地告訴自己，壓抑內心的蠢蠢欲動。

明天再見吧——

下樓時，自言自語著關上窗戶，他像進行儀式般持續好一陣子。

櫻花悉數落盡，四月即將結束，女子消失無蹤。

隨著櫻花天天散落，她出現在對岸的日子逐漸減少。

不祥預感成眞，久野先生陷入消沉的情緒。

內心彷彿破了個大洞，什麼都不想理會。

之後，他抱著微弱的希望，透過房間窗戶，梭巡整排櫻樹，終究沒找到佇立在長出嫩葉的櫻樹下的她。

因此，隔年春天意外重逢，久野先生歡欣不已。

當對岸櫻花盛開，女子再度出現在櫻樹下。

他漸漸期待起綻放的花蕾。如此奇蹟般的重逢，他幾乎要留下淚。

從那天起，他每天都像要擁抱女子的一切般，凝望著她。他發誓要將女子的身影盡收眼底，甚至買望遠鏡，彷彿要把她看出洞。

他有種預感，一旦櫻花落盡，女子又會消失。

他努力將占滿窗景的成排盛放櫻樹烙印在腦海，沉醉在女子夢幻的美中。

淡粉紅和服與青綠腰帶，從胸口窺見的半襟，足袋眩目的白。在春風吹拂下，飛揚的豔澤烏黑長髮。白皙的肌膚，憂鬱的雙眸。

再也無法相見。想到再也無法相見，所以努力記下一切。

再也無法相見。想到再也無法相見，有時眼淚就汩汩流出。

接著，櫻花悉數落盡，四月即將結束——

如同久野先生的預感，女子靜靜從岸邊消失。

一年後的春天，久野先生國中畢業，迎來高中入學前的春假。

那是發現女子的第三年，久野先生終於下定決心。或許是考上原本無望的縣內第一志願的升學高中，非常亢奮的緣故。

要去見女子，告訴她自己的心情。

他們年齡沒差那麼多，不是令人驚訝的差距，他快要不是小孩了。

我們的戀情一定能夠實現，今年一起站在櫻樹下吧。

這是自以爲是主角的青澀幻想。

如今回顧，根本毫無憑據，不過是以管窺天的孩子氣妄想。

四月初，對岸櫻樹的花苞逐漸綻放時，久野先生注意到女子再次出現在對岸。他立刻騎上腳踏車，衝出家門。

到第三年，他終於能度過通往對岸的橋。以前只能從窗戶眺望的景色，如今終於能置身那排櫻樹中。

這是兩年前幼稚的自己無法描繪，充滿戲劇性的情景。

可以見到她了。終於能見到她，總算能見到她。

他一心一意地想著，徑直衝向悠悠盛開的河畔櫻樹。

不久後，他在對岸看到自家。期待和興奮不斷湧現，他心跳加速。踩著腳踏車，前方很快出現他愛戀的眺望河面的小身影。

見面後，該怎麼告白？

久野先生激動萬分，感覺十分難受，於是更用力踩下踏板。

距離急速縮短，女子的輪廓逐漸清晰地映入他眼中。

夢幻的側臉。初次看見的側臉。心愛的側臉。

女子忽然偏頭，緩緩轉向久野先生。

在春風吹拂下，飛舞的烏黑長髮。

踩著腳踏車徑直向前的久野先生，初次對上女子的雙眸。

看到久野先生的瞬間，女子的下眼瞼微微膨脹，優雅地笑著。

第一次目睹她的笑容，久野先生心跳得更快。

久野先生不自覺笑起來。

終於抵達她的身邊，他喘息著下腳踏車。

他嚥下口水，注視著女子剛要出聲……

「我收下了。」

女子微笑道，久野先生頓時失去記憶。

接下來，久野先生只記得自己躺在醫院病床上。

還有為兒子終於清醒而抽泣的雙親，與失去雙腿的感覺。

雙親告訴他，落雷劈倒櫻樹壓住他。

腰部以下完全粉碎，被迫截去雙腿。

父親忍著淚水補充，除了雙腿，可能還會留下後遺症。

之後，久野先生放棄高中，進了養護學校。

失去雙腿的他，還有左臂慢性麻痺，與些許的語言障礙。

如今即將五十歲，久野先生仍單身。

「那是我最初，也是最後的戀情。」

隔年春天起，他沒再見過那名女子。

久野先生遙望著倒映在窗玻璃上的對岸櫻樹，寂寞地低語。

桐島加奈江　壹

回想起來，事情的開端是集體無視。

從國中二年級第一學期的某天起，全班同學忽然無視於我的存在。至今我仍不曉得原因。即使經過二十多年，依舊不明所以。

我忍著羞恥和導師商量，卻不了了之。

雖然想過要告訴父母，但他們經營運輸相關的生意，每天都非常忙碌，很晚才回家。看著滿臉疲憊、默默吃著晚飯的雙親，我實在說不出口。

最後，我選擇拚命忍耐。

當時我的興趣是飼養熱帶魚。三坪的狹窄房間裡，擺滿大大小小的水槽，簡直像小型水族館。

當惡夢般的一天結束，身心俱疲地回到房間，這些不會說話的熱帶魚是我唯一的心靈支柱。爲了擺脫孤獨與不安，我逐一替每條魚取名字，天天和牠們說話，看著牠們優游直到深夜。

這樣的情況持續約莫一個月後，五月初的某天，我呆呆望著水槽，不知何時身邊坐著一個少女。那是個皮膚白皙的長髮美少女，與我年紀相仿。

她穿著印有夏卡爾《藍色馬戲團》圖案的白T恤搭碎花長裙，腳上則是折了三折的白襪。

四目相對，她羞澀一笑：「好可愛的熱帶魚。」

我向她道謝。

由於很久沒和同齡的人交談，比起魚得到稱讚的喜悅，更感激她和我說話。

「妳是誰？」我試著發問。

「我叫桐島加奈江。」她開心地回應。

之後，我們一起看著熱帶魚聊天。

妳從哪裡來？我問。「你無法想像的地方。」加奈江回答。

妳喜歡熱帶魚嗎？我問。「我也養了很多。」她笑道。

妳養哪些種類？我問。「很多可愛的魚。」她回答。

妳來做什麼？我問。「要不要當我的朋友？」她反問。

聽到「朋友」這個名詞，我胸口一熱。

「好啊。」我答應。

「從今天起，我們就是朋友。」

加奈江伸出右手小指。

我們打勾勾。加奈江的小指有些冰涼，觸感卻十分溫暖。

在五彩繽紛的熱帶魚優游的水槽前，我們勾著小指，相視而笑。

跟加奈江交談著，內心的空虛彷彿逐漸塡滿，我平靜下來。

談笑一陣，我的眼前忽然一黑，湧現一股強烈的倦怠感。皺眉睜開雙眼，發現自己躺在被窩裡。

時鐘顯示爲早上七點半，半夢半醒中，我回溯記憶，想起昨天深夜確實關掉水槽所有照明，才鑽進被窩。

原來我剛剛做了一場夢。

那是眞實到驚人的夢境。即使夢中有人告訴我「這是夢」，我也會當場說對方騙人，就是如此栩栩如生，充滿現實感的夢。

我清清楚楚記得與加奈江的對話。

同樣地，加奈江的臉孔和五官清晰地留在我的記憶裡。如果是夢，隨著清醒應該會逐漸淡去的記憶，絲毫沒有消失的跡象。

離開被窩，我換上制服，加奈江的身影仍留在腦海。

我十分失望，像在出獄的瞬間，硬被拖回去。

要是沒做那種夢就好了。

想到不得不上學，我的心情益發憂鬱。

然而，當晚我在夢中與加奈江重逢，而且夢境依然真實得驚人。

我和加奈江一起逛熱帶魚店。那是隔壁町販賣小熱帶魚的店，我經常造訪。狹窄的店內擺滿水槽，我向加奈江提出許多問題。

這是夢嗎？我問。「不是夢。」她乾脆地否認。

妳到底是誰？我問。「我是桐島加奈江，就讀國二。」她故意裝傻。

明天還能見面嗎？我問。「每天都能見面。」她溫柔地微笑。

「對了，下次介紹朋友給你。」

「朋友？怎樣的朋友？」

「喜歡熱帶魚的朋友。成員滿多的，我們有個像俱樂部的組織，要不要加入？」

好啊，我回答。「太棒了！」加奈江牽起我的手。

「那麼，明天見。」

第二天，我在床上醒來。

我眨著惺忪睡眼，鑽出被窩，換上制服。想到惡夢般的一天又要開始，心情就十分沉重，但加奈江的話讓我稍稍打起精神。

無論加奈江是我的妄想，還是實際存在，我只需要一個能夠真心相處的對象。

到了學校，我依然孤立無援。即使待在教室，同學仍當我是空氣。比起憤怒或憎惡，反倒是強烈的寂寞不斷折磨我。

我在筆記本上畫著加奈江，坐立難安地等著放學。

返家後，我在日落時分便早早鑽進被窩。

一回神，我已在夢中。

我坐在鋪木地板的乾淨房裡，五坪左右的空間沿著牆壁擺滿大小不一的水槽，和我的寢室一樣。

除了加奈江，還坐著五、六名陌生的少年少女。他們看著我，年紀都和我差不多，我馬上明白是加奈江的朋友。

加奈江介紹我後，他們開心地歡迎我加入。

接著，我們一塊欣賞水槽，熱烈談論關於魚的種種話題。我好久沒和這麼多同齡人聊天，非常興奮。

那是加奈江的房間，充滿朋友、魚和有趣的話題等我喜愛的事物，我非常放鬆自在。

加奈江介紹的人不會無視我。只要我開口，大夥都會帶著開朗的笑容，認真回應。加奈江也總是親切對待我。

我想一直待在這裡……破碎的心不斷吶喊，由衷盼望。

美夢在那天唐突結束。

醒來後面對的現實，與夢境的差距太大，我不禁跑到廁所嘔吐。

所有人都「看不見」我才是夢境吧。度過幸福的三天，我幾乎錯把夢境當成現實。

現實殘酷至極，夢境卻一片溫柔安詳。

之後，我一直做夢。

夢境的內容大多是現在進行式，我和俱樂部的朋友相處得愈來愈融洽。大夥經常去逛熱帶魚店，交換飼養的魚，一起到餐廳吃飯。

我們也會去看電影、水族館或搭船。由於是夢境，一群孩子還是能過夜旅行。

加奈江一直待在我身旁，神采奕奕地露出笑容。

她有雙宛如小鹿的渾圓大眼，令人印象深刻。微笑時，她會稍稍瞇起眼，瞳眸閃閃發亮，像黑珍珠般燦爛，我非常喜歡加奈江的笑臉。

烏黑亮麗的長髮，白皙纖瘦的臉龐，一向是T恤搭碎花長裙的打扮。乍看個性溫婉，其實相當爽朗活潑，愛說無聊笑話，然後放聲大笑。

在現實生活中沒機會大笑，於是我經常跟著她笑。

只要兩個人一起笑，我就能忘記世上所有討厭的事情。

我漸漸喜歡上親切、開朗又美麗的加奈江。

單單夜晚的時間無法滿足我，不管上課或下課我都盡可能偷空睡覺。幸好只要睡著，不論晝夜，我都能進入夢鄉。

託夢境的福，學校生活變得稍稍輕鬆。

然而，日子一久，夢境與現實的界線愈來愈曖昧，愈來愈不明確。我甚至誤以爲夢中的記憶是現實發生的事情，和家人交談不時產生爭執。

雖然自覺不妙，我卻絲毫沒放在心上。

相較之下，與加奈江共度的時光更珍貴。

在孤立無援的我眼中，夢境是現實，現實才是惡夢。

兩個月後，第一學期結束。

暑假期間，我天天昏睡。儘管悶熱，我仍毫不在意，大白天一直睡。爲了與加奈江他們共度日常生活，我拚命偷空睡覺。

只要一睡，夢中也是暑假。

我和加奈江他們的日常生活不包含上學，不過他們一樣過起暑假。

「反正是暑假，你想打工嗎？」

某天，加奈江忽然提議。

在哪裡？聽我這麼問，加奈江笑答：「熱帶魚店。你要一起嗎？」

國中生其實是不能打工的，然而，這是夢境，我和加奈江順利成爲熱帶魚店的工讀生。

那是位在隔壁町，我熟悉的熱帶魚店。我們按照店老闆的指示，每天開心地照顧和販賣熱帶魚。

俱樂部的朋友不時會來露臉，不過通常只有我和加奈江顧店。

在加奈江的陪伴下，我的暑假安寧而愉快，每天都很幸福。

日復一日，我們窩在熱帶魚店打工。

一般是捨不得睡覺，我卻是捨不得起床，只顧著在夢中與加奈江遊玩。

由於實在睡得太誇張，惹得母親生氣，但我完全不在意。

一旦起床，就見不到加奈江。她特別交代，今天會進一批亞洲龍魚，我得早些就寢去幫她。

醒著磨磨蹭蹭，只是愚蠢地浪費時間，我像屍體般睡個不停。

一天之中，我幾乎睡掉一半。

除了吃飯、洗澡和照顧熱帶魚，我會離開被窩，其餘時間都在專心睡覺。

萬一睡得太過頭，導致毫無倦意，我會偷來祖父的威士忌和安眠藥，大口大口喝下陷入沉睡。

我愈來愈沒食欲，身體日漸衰弱，卻一點都不在乎。與其煩惱這些，我更渴望與加奈江見面。只要回到夢中，我的身心便非常舒暢。

如行屍走肉般度過半個暑假。

少數清醒的空檔，我發現熱帶魚差不多快吃完飼料。

一如往常請求母親開車載我去熱帶魚店，母親卻以忙碌推拒。

煩惱著該怎麼辦，母親給我零用錢，說我整天躲在家裡，偶爾得呼吸外頭的空氣。

熱帶魚店位在離家最近的車站約三站的市區。頂著大太陽，踩著虛浮的腳步搭上電車，再走到店裡，光想就疲憊不堪。

看我一臉陰鬱地低頭不語，母親微笑著說「載你到車站吧」，半強迫地把我塞進車內。

一到車站，母親旋即把死氣沉沉的我趕下車，我不情不願搭上電車。儘管是暑假的白天，但那是載客量極低的鄉下支線，車廂空空蕩蕩，形同包車。

打開窗戶，涼風迎面吹來，全身舒暢，我很久沒接觸到戶外的空氣。

約半小時後，抵達市區的車站。要去那間店，得先經過站前的商店街，穿越住宅區，徒步大概二十分鐘。

天氣炎熱，不過久違地走在街道上，我有些興奮。漸漸習慣酷暑，腳步自然輕快起來。

踏進熟悉的熱帶魚店，老闆笑著打招呼「好久不見」。聽到這句話，我才發現自從沉浸在夢境；這是第一次造訪現實中的熱帶魚店。每天和加奈江在夢裡打工，我的記憶完全混淆。

我帶著輕微的混亂，低頭回一句「好久不見」。

明明每天都在夢中和老闆見面，無所不聊，此刻有種難以言喻的奇怪感受。

買完飼料，任務就大功告成，但難得來一趟，我逛起賣場的水槽。

我逐一掃過在夢裡天天照顧的水槽。店內水槽的魚，和夢中的種類根本不同。

當老闆說「好久不見」，我頓時明白他不是夢中的那個人。

如薄皮般緊貼在大腦表面的「虛構現實」，一點一點剝落。

老闆非常親切，面對國中生的我，始終誠懇和藹地教我飼養熱帶魚的基礎知識。要是一次買很多，他會打折或送些小東西。這天，他以近乎免費的價錢，將自行養殖的七彩神仙魚苗賣給我。

「碰到什麼不懂的，不要客氣，歡迎隨時來玩。」

離開之前，大叔隨口拋出一句，我胸口一震。

踏出店門，在小巷走著，我的心情變得十分輕鬆。

現實生活是難以捨棄的，我重新體認到這一點。

外頭依舊炎熱，我卻帶著颯爽的心情，漫步在狹窄的巷弄間。
回家後，給母親看七彩神仙魚，和她聊一聊吧。
我暗暗想著，彎過一個水泥圍牆擋住的街角，走到住宅區的馬路上。
我居然看見加奈江。

她恰恰從距離我前方二十公尺左右，一棟民宅的門口走出來。
一瞬間，我以爲只是和她很像的人，但並非如此。
露出烏黑長髮縫隙的白皙側臉，就是夢裡熟悉的加奈江。
她揹著小背包。那是夢中去打工時，她一向揹著的背包，顏色和形狀都一模一樣。
她微微轉向我。
白T恤正面清楚印著夏卡爾的《藍色馬戲團》。往下一看，是碎花長裙，然後是折了三折的白襪及奶黃運動鞋。
那毫無疑問就是桐島加奈江。
可是，此刻並非在夢中，加奈江不該出現在我眼前。
那恐怕只有短短一瞬間，我卻陷入強烈的迷惘。
我該不該出聲叫她……毫無道理，體內的防衛本能，對我的心踩下煞車。
如果加奈江眞的存在於這個世界——

或許是非常美好的情況。不是在夢裡，而能與加奈江共度現實生活，我便能從孤獨的每一天中獲得救贖。

可是，另一方面，我的腦袋警鈴大作。

要是接觸她，我內心將產生改變，或受到改變，會發生無法挽回的狀況。

不知爲何，初次在現實生活中看見加奈江，我深切感受到一股危機。

我想起剛剛在熱帶魚店的一幕。明明我和加奈江在店裡打工好幾星期，大叔卻完全不知道。

當然，因爲那是夢境，是謊言，根本不是現實。

我終於察覺，幾個月來自身的遭遇多麼異常。

同時，我立刻明白眼前的少女多麼詭異。

雖然內心慌亂，我卻如石頭般僵在原地。加奈江忽然抬起頭。

四目相對的瞬間，加奈江咧嘴一笑。

不是會聯想到黑珍珠的美好笑容。

加奈江的雙眼像圓盤，睜得大大的，嘴巴一路裂開到耳邊。

我彷彿當頭淋了一盆冷水，渾身毛骨悚然，反射性後退幾步。

加奈江緩緩朝我前進。

她的雙腿加速，腳步聲變大，接著轉爲尖銳。

發現加奈江朝我衝過來，我慘叫著轉身，在狹窄的巷弄裡全力逃跑。

我跑過一條又一條巷子，拐過無數個彎，拚命想擺脫加奈江。

好一段時間，背後持續傳來運動鞋在柏油路上奔馳的乾燥聲響。不過，累得停下後，我戰戰兢兢回頭，已不見加奈江的身影。

那天晚上，我怕得不敢入睡，直到黎明時分都醒著。

我縮在房間一角，顫抖著哭泣。

受到強烈的恐懼和巨大的失落感折磨，我不斷號啕大哭。

昨晚爲止那麼喜歡的加奈江，變得如此恐怖，我傷心不已。

同樣地，至今與加奈江共度的回憶全變得如此驚悚、如此異常，我痛苦得快死去。

我想再見一次加奈江，卻也不想再見她。

萬一在夢中，她像白天那樣追著我……我怕得無法成眠。

加奈江，對不起，眞的對不起。我不能再見妳，原諒我，眞的很對不起……

我在心裡一次又一次向加奈江道歉，整晚不停哭泣。

快天亮時，我像死掉般睡著，不過加奈江並未出現在夢中。

我甚至沒做夢，沉溺於睽違三個月的正常睡眠。

從那天起，夢中的「虛構生活」崩壞，加奈江沒再現身在我的夢裡。

直到現在，我仍不曉得桐島加奈江的來歷。

之後，我曾遠遠觀望加奈子走出的那棟民宅，但她從未出現。而且，那棟住宅和夢中加奈子的家，地址與外觀完全不一樣。

或許那純粹是我的妄想。這麼一想，我輕鬆許多。

只是，國中二年級的夏天，我窺見妄想侵蝕現實的瞬間。

原以爲不會再遭遇的「侵蝕」，隔一段時間後重新出現。之後，持續侵蝕著我的人生。

關於此事的全貌，接下來我會逐一敘述。

桐島加奈江　貳

二十幾歲時，我還不是祈禱師。

我在某家服務業連鎖店打工。美術專門學校畢業後，我沒正式就職，而是一邊打工，以插畫家爲目標，認眞進行各種創作。

然而，我第一個職場，就是現今所謂的血汗企業。

說來話長，容我省略詳情。總之，我工作一年後店長辭職，我被迫當上店長。待遇沒改變，仍是時薪制的打工人員。

連續好幾天，除了原本接待客人的工作，我硬擠出時間，處理許多我根本搞不清狀況的文件、値班表、營業額的管理等店長的職務。

我向總部報告過這個狀況，但上頭以營業狀況不佳，沒餘裕僱用新店長的說法，無情地打了回票。當時別說店長，連正式員工都沒有。

總部的解決方法是，讓隔壁町分店的店長，一個姓鬼頭的女人定期來視察，一切以她的判斷爲準。

可是，那女人非常難搞，實在是不可理喻。

以挑剔營業額爲始，她既不滿意我的行政工作，也不滿意我的文筆，甚至毫不在乎地貶低我「你的最終學歷是幼稚園嗎？」、「你長得就像原始人」。總之，鬼頭就是這樣的女人。

鬼頭來巡視時，看見我在掃地，就會大吼「去站櫃檯啊，白痴」，要是我在櫃檯，她就踢我的小腿罵「去掃地啊，笨蛋」。

以現在的說法，就是所謂的職場暴力。

我實在無法忍耐，提出辭呈，她卻痛罵「不准說這麼不負責任的話」，硬留我下來。如今回想，根本無視她逕行離職就好。然而，當時我還年輕，幾乎不知世事，傻傻聽從鬼頭的命令，默默工作。

明明是早中晚的輪班制，請假和店員自行換班的狀況卻多得誇張。

包含我在內，全是打工人員，而且大部分是學生，才會發生這種情況。

他們碰到考試或假期就毫不在意地休假，遲到或曠職是家常便飯。打工經驗最久，也是最年長的我，便得填補他們的空缺。

早上九點上班，經常工作到打烊爲止的深夜一點。即使休假，仍必須幫請假的打工人員代班，根本沒有休息時間。

不用提，我當然沒空畫圖。

我向鬼頭表達希望增加人手，只換來一陣大吼：「既然這樣，拿出成果來啊！你這隻米蟲！」

我努力一年左右，身心俱疲，瀕臨極限。

那是快要年底的寒冬時分。

某天早上起床後，我非常想死。

當天我仍得從開店工作到打烊，下午鬼頭還會來店裡。光是想像，我的情緒就低落到谷底。

鑽出被窩，我完全失去上班的念頭。

今天就告別吧。我下定決心從店裡、從這個世界消失。

既然要死，乾脆跳樓。這死法誇張又方便，且是最確實的手段。

一旦決定，我討厭拖拖拉拉，立刻換好衣服離開房間。

在玄關穿鞋時，母親拿便當給我，以爲我今天要去上班。

我看也不看地接過便當，說聲「我走了」就上車。

由於住在鄉下，適合跳樓的大樓位在三十分鐘車程的市區。七層高的百貨公司應該最方便，我毫不猶豫驅車前往。

我開到無人的屋頂停車場，在車上寫遺書。

一寫完，我毫不猶豫地走向屋頂的鐵欄杆。

那是高約一公尺的樸素欄杆，輕易就能翻過去。

我翻過柵欄站在大樓邊緣，反手抓住欄杆。低頭一望，路上交錯往來的人車變得極小，多麼微不足道。

同樣地，我也覺得自己微不足道。

屋頂上寒風呼嘯刺骨。默默吹著風，冷得難以忍耐，我不禁想盡快落個輕鬆。

爲了避免殃及底下的人，我仔細觀察步道上適合的地點。

行人稀稀疏疏，打定主意隨時都能往下跳。

我下定決心，緩緩放鬆抓著鐵欄杆的力道，微微前傾。

只需放手，撞上正下方三十公尺的路面，一切就能結束。

我要給你們好看！

正當我這麼想著，準備鬆手之際，一道身影映入眼簾。

我的決心頓時有些萎靡。

快走開，我焦急地等待對方經過。不料，對方忽然在大樓正下方停步。

接著，那人緩緩抬起頭。

視線交會，我們互相認識。這一瞬間，我全身毛骨悚然。

那是加奈江。

即使離得很遠，我還是能一眼認出。

烏黑長髮、白T恤、碎花長裙，及那張臉，我永遠無法忘記的那張臉。

在我房裡五彩繽紛的熱帶魚水族箱前，她含笑牽著我的手。當時的「虛假記憶」，從腦海深處渲染開來般甦醒。

加奈江面帶笑容，直直盯著我。從這種高度也能清楚看見，那對令我聯想到黑珍珠的大眼睛閃閃發光。

接著，加奈江伸出右手，向我招手。

她根本沒給我懷疑的機會。

那天冷到我必須穿外套，可是，抬頭仰望我的女人，只穿T恤和薄長裙。在寒冬的天空下，沒人會以那種打扮在外走動。

我尖叫著轉身，拚命翻過欄杆，衝回車內，急忙發動引擎。她會抓到我。

我不在意死亡，甚至非常想死，但我不想和她一起。

我想立刻逃離此處，急切地踩下油門。

從屋頂通往地面的螺旋車道，會直接下到加奈江所在的人行道。雖然可能會和她撞個正著，總比她到車上好。

進退維谷的我，緩緩開下車道。

握著方向盤，各種疑問不斷掠過腦海。

相隔七年，加奈江為何會在此時出現？

國二夏天在市區的住宅區碰到她，我的確擔驚受怕好一陣子。但隨著時間流逝，我將她忘得一乾二淨。

遠遠望去，加奈江的外貌和當時毫無差別。

不曾聽聞不會長大的國中女生，不可能有這種人類。

那女人究竟是什麼來歷？

不論我如何思考，仍想不出像樣的答案。

我轉為思考加奈江的事。國二夏天，與加奈江共度的充實每一天在腦海播放，我的心情頓時有些酸酸甜甜。

我不想和她在一起。直到剛剛都如此厭惡，此刻卻不太確定。

重新與加奈江在一起，會變成怎樣？我不禁想著。

仔細回憶，當時加奈江幫我很多，讓我忘記痛苦的日常生活。

這次，加奈江也會幫我忘記吧。

為了讓我逃離毫無價值的每一天，她才再次伸出援手。

不知不覺間，生死糾葛逐漸變成夢境與現實的問題。

開到位於車道半途的轉角時，我再次與加奈江撞個正著。

不出所料，她上來了。

加奈江從車道另一端慢慢走近，微笑盯著我。及腰的烏黑長髮，白皙的瘦削臉孔，印著夏卡爾《藍色馬戲團》的白T恤搭碎花長裙。

我瞄一眼加奈江的腳邊，她穿著折成三折的白襪和奶黃運動鞋。果然是加奈江沒錯。

然而，這不是我在屋頂看到的加奈江，也不是當年和我共度夢境的加奈江。兀自走來的加奈江，雙眼圓睜如盤子，裂成一直線的嘴巴不斷笑著。

我忘也忘不了，那年夏天在住宅區碰到的崩毀的加奈江臉孔。

我頓時恢復理智，看似甜美其實令人膽寒的記憶煙消雲散。

我尖叫著猛採油門，快速逃離加奈江。擦身而過時，加奈江的嘴開開闔闔，像在說話，但沒傳到我耳裡。

之後，我全速駛離市區，到距市區約十公里的老家附近，在便利商店前停車。

我腦袋一片混亂，根本無法思考。

腦海浮現剛剛目睹的加奈江，及七年前遭到追趕時難以言喻的恐懼。

驚悚的回憶在腦中反覆播放，我渾身冒出雞皮疙瘩。

我虛脫地倒在座椅上，肚子忽然叫了起來。

看向手表，已過午飯時間，難怪會餓。

想死的人，跟一般人一樣會感到飢餓嗎？

這個想法有些滑稽，緊繃的情緒稍微放鬆。

打算下車去便利商店買東西時，副駕駛座上的便當映入眼簾。

那是出門前，母親遞給我的手做便當。

打開一看，裝著香腸、煎蛋捲、切塊的漢堡排，塞得滿滿的，全是我從小最喜歡的食物。

今天早上交給我時，母親做夢也想不到，這會是替兒子做的最後一個便當吧。

我滿嘴塞著煎蛋捲，眼淚不斷落下。

活下去吧。

決定後，我立刻打電話給鬼頭辭掉工作。

雖然和這件事情沒直接關係，不過半年後，我開始祈禱師的工作。

關於成爲祈禱師的動機，之後會再提。如今回想，或許潛意識裡，我想得知與加奈江對抗的方法。

可惜，之後我被迫瞭解一切都是徒勞……

桐島加奈江　參

事情發生在我成爲祈禱師的第八年，也就是距今四年前左右。

歷經前一篇提及的遭遇，隔年新年期間我和妻子開始交往。

由於弄丟眼鏡一邊的鏡片，剛開年我便前往眼鏡行。

聽聞老家附近的購物中心裡的眼鏡行最便宜，我帶著恰恰來訪的妻子，一早就去那家店。

可是，途中我和妻子起了爭執。如今我已記不得詳情，想必理由或導火線相當無聊。

在停車場停妥車時，兩人之間的氣氛非常糟糕。

我不高興地下車，大步走向眼鏡行。妻子緊跟在我身後，但我故意無視她，自顧自前進。

明知妻子想和好，我卻嚥不下這口氣，直接踏入眼鏡行。

在店裡訂購完鏡片，我才發現妻子不見。

大概是在購物中心內閒晃吧，我不以爲意地逛起來。

新年第一天，店內的客人比平常多，非常混雜。大部分是一家出遊，也有一些情侶。

看著情侶愉快的身影，我的心隱隱作痛。

大過年就吵架，妻子肯定很不開心。

購物中心裡有美食街，不如請她吃喜歡的餐點，跟她和好。我從上衣口袋拿出手機，打給妻子。

我將手機靠在耳邊，等待妻子接聽，茫然望著眼前的人群。

購物中心的主要道路兩旁店鋪林立，人潮擁擠，難以看清前後狀況。我擔心起一直沒接電話的妻子，目光忽然受到吸引。

我注意到一件混在穿外套或厚夾克人群中的白T恤。

心頭湧現不祥的預感，我瞇起眼盯著那件T恤。

上頭印著夏卡爾的《藍色馬戲團》。

視線往下移，隱約看見碎花長裙。

不祥的預感逐漸成形，我的心跳加速。

從T恤往上看時，我不成聲的尖叫化成嘆息。

加奈江佇立在來來往往的人群中，凝望著我。

我立刻別開臉，但爲時已晚，我們的目光對個正著。

加奈江認出我，旋即睜大雙眼，笑得前翻後仰。

她依然沒長大。這個怪物，從十五年前就一直是國中生的外貌。跟以前在百貨公司遇見她時一樣，她穿著薄T恤，毫不在意地出現在寒冬。別提時間，這女人連四季的感受都沒有。

離上次重逢過了快十年，我再度遺忘加奈江，於是掉以輕心。一切根本沒結束。

加奈江的笑容散發著寒氣，筆直走向我，周圍來來往往的客人紛紛讓路。

目睹這種情況，我大爲震撼。

客人配合加奈江讓路，換句話說，其他人顯然看得見她。

她不是我的妄想嗎？我頓時陷入混亂。

撞到加奈江肩膀的年輕女子出聲道歉，她微微抬起頭。

——果然看得見。

還沒反應過來，赫然發現加奈江離我只剩五公尺。

我慌慌張張轉身，快步穿過人群。若是可以，我想拔腿奔跑，卻捲入人潮，快走已是極限。

走了幾秒，妻子總算接起電話。

「抱歉，我調成震動沒聽到。」

我打斷妻子情緒低落的道歉，反問：「妳在哪裡？」

妻子呑呑吐吐，以爲我還在生氣。

「我沒在生氣。妳到底在哪裡？周遭有什麼店？」

我和妻子交談著，邊轉過頭，不知何時，加奈江與我只剩三公尺。她的臉上仍貼著詭異的笑容。

「……賣咖啡豆的店，還有冰淇淋店。」妻子戰戰兢兢回答。

咖啡豆店和冰淇淋店，與我行進的方向完全相反——是在步步近逼的加奈江那邊。

我不禁深深發出痛苦的呻吟和嘆息。

回頭一看，加奈江歪著頭無聲大笑，胸口起起伏伏。

雖然能指示妻子離開購物中心，外面比到處都是人的購物中心容易會合。

可是，妻子來過沒幾次。

加上賣場面積大到令人生氣，動線頗爲複雜。

不熟悉路線的妻子，不見得能順利走出去。

萬一……雖然是愚蠢的想法，但要是加奈江把矛頭轉向妻子……

腦海掠過這種可能性，我沒辦法放妻子單獨行動。

「知道了，我立刻過去，妳不要動。」

儘管不是故意，話聲卻尖銳到令妻子害怕，我不禁討厭起自己。

我快步前進，再度回頭，加奈江已離我兩公尺。

不論走哪條路，以她的速度，一定會逮到我。

我下定決心轉身，穿過人群走向加奈江。

看到我回頭，加奈江似乎流露一絲驚訝，但隨即恢復詭異的笑臉，加速徑直靠近我。

我盡量走偏，避免與加奈江正面接觸。以人群爲盾，我先走偏、再往前，先走偏、再往前。

加奈江硬撥開人群，想貼到我身旁。

我們的距離在一公尺到兩公尺之間來來回回。我快沒力氣，嘴裡很渴，胃隱隱作痛。我漸漸覺得，碰上加奈江還比較輕鬆。

我祈禱周圍的人會讓路，果斷往外衝。前面的客人雖然詫異，仍勉強讓開。

我不停往前跑。像摩西過紅海般，人群一分爲二。

當我暗暗想著，這樣應該勉強能甩掉她——

「你這該死的傢伙。」

相隔十五年甦醒，那噁心的嗓音在我耳邊輕輕說道。

反射性回頭，加奈江貼在我身旁，抬頭對我笑。

我不顧一切地狂奔到妻子等待的店。

妻子低著頭，不安地站在冰淇淋店前方。我匆匆抓起她的手，嚴密注意周遭狀況，走出店外。幸好到處都不見加奈江的身影。

我衝上車發動引擎，終於冷靜下來。我開出停車場，向副駕駛座上一臉不快地低著頭的妻子道歉。

還好妻子的心情很快恢復，但我沒告訴她任何關於加奈江的事。

要將加奈江宣之於口，實在太恐怖。

回家後，我立刻鑽入工作室，在祭壇前進行各種加持祈禱。

亡靈祓除、生靈祓除、消災解厄、斬斷緣分、安全祈禱，我甚至爲加奈江進行供養。

然而，愈是祈禱，我內心愈惶惶不安。

剛剛眾人配合加奈江讓路的光景，在我腦海反覆重播。

對付既非生者，也非亡者的那個女人，究竟什麼方法才有效？

我毫無頭緒，只能不斷念誦所知的祝詞、經文和咒文。

既非生者也非亡者的那個女人，到底是何來歷？

十年前重逢時，短暫感到的淡淡憂傷，這次並未湧現。

取而代之的是，如同國二那年夏天，現實與虛構界線再度動搖的危機感。

搞不好有問題的根本是我。在恐懼與焦躁的驅使下，我專注祈禱到日落。

然而，這些努力全落空。

兩年後，我再次與加奈江對峙。

桐島加奈江　死(註)

接近二〇一一年底，我和妻子結婚，新居剛落成。

當天傍晚五點左右，結束下午的諮詢，我在工作室裡抽菸時，電話響起。

對方是個年輕女子。

「我碰到人際關係上的煩惱，不曉得您接受這方面的諮詢嗎？」

如果是工作範圍內，客人要諮詢什麼問題，完全無妨。只是，話筒彼端的聲音與其說是年輕，不如說聽起來帶著稚氣。我不接受未成年者的委託。

「抱歉，妳未成年嗎？」

「不，我成年了。怎麼了嗎？」

她立刻否定，我連忙道歉。對方吃吃笑道：

「沒關係，我不在意。」

我恢復工作用的口吻，詢問希望預約的時間。她提議三天後的三點，我答應下來。

「那就麻煩妳到時候過來……」

剛要掛電話，我才發現忘記問她名字。

「啊，不曉得怎麼稱呼？」

「我姓桐島。」

腦袋裡頓時響起斷裂聲。

「……怎麼？」

我陷入沉默，對方低語。

這麼一想，一開始我就覺得她的嗓音似曾相識，胃隱隱作痛。

「不，沒什麼……」

還不能肯定，搞不好是我弄錯。

「桐島」雖不常見，但確實存在這個姓氏。可能是嗓音相似，只是恰巧同姓氏。

或者該說，這種推測才符合常識，而我也想如此認爲。

考量到現實狀況，那女人根本不可能打來。

太蠢了。我衝動地想立刻確認，早些安心。

「呃，方便告訴我全名嗎？」

「我叫桐島加奈江。」

女人立即回答。

我再度沉默。

註：日文中，「死」和「四」發音相同。

「怎麼?不能接受我的諮詢嗎?」

她稍微降低音調，帶著惡意想牽制我。

「啊，難道您在發抖?加油，祈禱師!」

我默默聽著，國中時代在夢中與加奈江共度的禁忌日子，鮮明地在腦海復甦。那把人當傻瓜的口吻，確實是加奈江。

不知不覺間，我將話筒移開耳邊，雖然想掛斷，手卻抖到不聽使喚。此時，從話筒傳出的加奈江聲音在耳邊嗡嗡迴盪:

「一、二……我會去喔喔喔喔喔!哈哈哈哈哈哈!」

接著，通話唐突地結束。

在那之後，我渾身顫抖，陷入虛脫狀態。

晚上我稍稍恢復冷靜，思索著對策。

加奈江說「我會去」，而我確實接受她的預約。

三天後下午三點，終於能闖進我家，她到底會對我怎樣?除了惡劣的情況，我完全無法想像。

檢查通話紀錄，加奈江的電話顯示爲未知來電。

明明傍晚接起時，清楚顯示出號碼。

我早將工作用的電話設定爲不接聽未知來電。

我看著通話紀錄上的「未知來電」，胃又一陣刺痛。

煩惱到最後，我決定不告訴妻子。

跟加奈江有關的一切，是我不願提起的厭惡記憶。

而且，伴隨著強烈的羞恥。我與加奈江相識至今的詳細經過，絕不能告訴妻子。更何況，我懷疑她不會相信。

我決定什麼都不說，只留心警戒，避免殃及妻子。

不能和任何人商量，不能對任何人坦白，簡直像等待死刑執行，我獨自煩悶地度過三天。

加奈江預約當天，一早就下雪。

眺望著庭院的積雪，我憂鬱地換上工作服，開始進行諮詢。

過了中午，下午第一件諮詢結束，已兩點五十分。

再十分鐘，她就會上門。

空氣中充滿壓迫感，我忍不住想逃出去。然而，始作俑者的加奈江，絕不會允許這種情況發生。

實際上，這三天內，我不斷考慮逃走。加奈江造訪當天，帶著妻子逃到某處避難就好。這樣一想，我稍微感到安心。

可是，擔憂逃亡會造成不可挽回的傷害，我痛苦地放棄這個念頭。

萬一不在家時，加奈江闖進來……

她趁我毫無所覺，躲在家中某處……

躲在天花板上，從縫隙窺望熟睡的我的加奈江。

令人發寒的影像浮現在腦海，我立刻放棄逃亡。

靜悄悄的工作室裡，我怕得渾身顫抖，等待著加奈江來訪。我懊惱地趴在矮桌上，指針終於走到三點。

我奮力起身，準備迎接她的來襲。

然而，過了三點，加奈江沒有任何出現的跡象。

十分鐘過去，我才驚覺她事前預約，不代表她會老實從玄關進來。

萬一她已踏進家裡……

這麼一想，我坐立難安，仔細調查起家中各角落。

從起居室、寢室、浴室、廁所，連壁櫃、小壁櫥、天花板、儲藏室，我通通檢查一遍。

我巡視各處，不放過任何小地方，拚命尋找她的氣息。

然而，不論怎麼找，就是沒發現加奈江的身影。我心神不寧地走回工作室。

在那之後，三十分過去、一小時過去、兩小時過去。

等到五點，加奈江並未現身。

外頭天已黑，終於能安心，我不禁嘆息，同時有些生氣。這三天等於受到她的玩弄。

眞是夠了。

我暗自抱怨著，重新振作，等待晚上的客人上門。

晚上的諮詢結束後，我吃下遲來的晚飯。

接著，我在工作室裡默默寫東西，日期很快變成隔天。

面對書桌工作時，背後的窗戶突然傳來叩叩聲。

一轉過頭，又傳來叩叩聲。

原以爲是聽錯，結果不是。

由於窗簾拉上，我沒辦法看見，但確實是從窗外傳來。

我靜靜起身，躡手躡腳走近窗戶，無意間瞥見掛在柱子上的時鐘。

恰恰是凌晨三點。

咚咚咚！窗戶再度響起拍打聲。我嚇得差點尖叫，好不容易壓回喉嚨。

我深深感受到自己眞是愚蠢透頂。

窗戶另一邊絕對是加奈江。

三天前的電話中，她只說「要預約三點」。

根本沒說是下午或凌晨。

不為別的，一開始她就打算深夜前來。

咚咚咚！

像在回答「就是這樣」，拍打聲再度傳來，且明顯愈來愈大聲。

我心跳加速，彷彿剛泡完澡感到強烈的暈眩。全身一陣惡寒，手指、手腕、膝蓋、牙根，全發出激烈的喀噠喀噠顫抖聲。

咚！咚！咚！

短暫的安靜後，她再度拍打窗戶。

我清楚感受到聲音中的惡意，她非常享受威脅我的舉動。

咚咚咚咚咚！

猛烈到差點打破窗戶。

我屏住氣息，往僵硬的膝蓋使力，緩緩走近窗戶。我靠在窗緣，從窗簾縫隙窺望戶外的黑暗。

不料，模糊的膚色占據我的視野。

加奈江緊緊貼在毛玻璃邊緣，窺伺著我。

從烏黑長髮縫隙隱約露出的白皙瘦削臉孔，如小鹿般的黑色大眼，小巧的圓鼻子。即使是透過毛玻璃，我也看得一清二楚。

那個時候、那個夏天、那場夢裡，熟悉到令我想吐的那張臉，就在眼前。

毛玻璃另一邊，加奈江模糊的嘴角扯成一直線裂開。

她看著我笑了。

「你這該死的傢伙。」

聽到加奈江話聲的瞬間，我失去意識。

隔天早上，妻子搖醒倒在工作室的我。

她不斷問發生什麼事，我只回答沒事，就不再開口。

走出工作室，從走廊窗戶眺望外頭，我發現雪積得更深了。

目測至少超過二十公分，八成從昨晚便沒停過。

這下得鏟雪了，我暗想著打開玄關的門，不禁尖叫。

玄關前放著裝有冬眠的金魚，寬約九十公分的小水槽。

由於是寒冬，水面結著一層厚厚的冰。

那層冰被打破，中央開了一個直徑約二十公分的大洞。

凍得硬梆梆的金魚呈放射狀漂亮地並排在洞緣。

那像是拳頭打破的，但冰層厚度有五公分。

實在不像人類辦得到的事。

那小鬼不是喜歡魚嗎……

我朝化成紅冰塊的金魚遺骸合掌默禱，對加奈江的暴行感到憤怒。

抬頭一看，我注意到玄關前有一串通往前院的小腳印持續出現在雪上。

恐懼和憤怒湧上心頭，我猛然起身追趕那串腳印。

不出所料，那串腳印持續到我的工作室窗外。

那是昨夜加奈江站的位置。

更令人忌諱的是，那串腳印停在工作室前。既沒前進，也沒後退，更沒有去其他地方的痕跡。

我臉色發青，立刻回到家中，再次仔細找過一遍。

然而，還是沒發現加奈江的身影。

那天，我面對祭壇，拚命進行各種加持祈禱。

亡靈祓除、生靈祓除、消災解厄、切斷緣分、安全祈禱。

和兩年前一樣，包含爲加奈江供養在內，我專心一意，徹底進行。

可是，和之前相同，不論怎麼祈禱，都無法拭去我內心的不安。

她一定會再來——

取代渴望的安心感，我只剩不安又絕望的預感。

桐島加奈江 後（註）

去年十二月中旬，我爲私事前往仙台市。

我很快處理完畢，隔天也沒預定的工作。這種狀況一年沒幾次，我決定在市內的商務旅館住一個晚上。

機會難得，我帶妻子一同前往，讓她盡情購物和享受美食。

晚上九點過後，吃完晚飯，我們回到飯店，發現床上有好幾根烏黑長髮。

辦完住宿手續到離開飯店，我們都沒用過床鋪。更重要的是，那不是我或妻子的頭髮。

床上的頭髮約六十公分，比妻子的頭髮長兩倍。

放在房間的行李，和出去前的狀態一模一樣，沒人動過。垃圾桶裡，也是出去前剛丟棄的東西。

不像小偷侵入，或打掃客房的員工來過。

仔細一瞧，地毯上有幾根頭髮，撿起來查看，同樣長約六十公分。顯然和床上的頭髮屬於同一人。

夫妻倆都感到難以言喻的噁心。

不過，難得的休假，我們不希望毀在這種小事上。

「喝杯酒，開心一下吧。」

晚餐時我喝了不少，不過還想再喝一些。飯店走廊的轉角處有自動販賣機，我出去買罐裝啤酒。

隨便買一些啤酒和下酒零食後，我走回客房。

拐過轉角，只見五、六名國中生模樣的孩子圍成一圈，聚在我的房門口。

他們沒大聲喧嘩，但竊笑和低語迴盪在靜謐的走廊上。

我走近房間，他們仍沒有任何移動的跡象。

這樣一來就沒辦法開門，加上剛剛憑空出現在房內的髮絲，我有點煩躁。

「喂，你們在幹什麼？走開！」

我毫不客氣地走到門前，恫嚇般低聲道。

愉快聊天的孩子一起轉向我。

這一瞬間，我對缺乏警覺心的自己感到絕望。

加奈江在這群孩子裡。

註：日文的「後」和「五」發音相同。

對上我的視線，加奈江臉色驟變，大步逼近我。

我全身僵硬，無法動彈，像被蛇盯上的青蛙。

快相撞時，加奈江停下腳步。

近距離互相對峙，這是我最想避免的狀況。

加奈江抬頭，看到我蒼白的臉孔，露出潔白的牙齒微笑。

印著夏卡爾《藍色馬戲團》的白T恤搭碎花長裙，折成三折的白襪和奶黃運動鞋。

還有黑髮，長約六十公分的烏黑長髮。

我終於知道散落在房裡的黑髮屬於誰。

我非常擔心房裡的妻子，卻無法動彈。

宛如呼應加奈江的笑容，其他孩子一起露出笑容。

每張臉上都是眼睛和嘴巴半開，令人發寒的冷笑。

定睛一看，這群人似曾相識。

他們都出現在我國中時代的夢境裡，是熱帶魚俱樂部的朋友。我想不起他們的名字和來歷，只記得長相。

俱樂部的成員穿短袖開襟襯衫、T恤、短褲，個個是夏天的打扮。看來，他們和加奈江一樣，從那個夏天起就不再長大。

面對僵在原地的我，加奈江哼一聲，歪起頭。

我不懂她是什麼意思，可能什麼意思都沒有。就算有，我也不想知道。就算知道，我恐怕仍無法理解。

這女人是不屬於這個世界，也不屬於另一個世界的怪物。

實在太恐怖，我不願想像這種怪物會思考。

「走吧。」

聽到加奈江這句話，那群跟隨者陸續離開我的房間。

「你這該死的傢伙，我會再來。」

加奈江揮揮手，轉身消失在走廊深處。

我目送加奈江一行彎過轉角，直到看不見他們的身影才恢復自由。

我馬上衝進房裡。

妻子跪在敞開門的浴室前，默默流淚。

「怎麼回事？」

我一問，妻子回答：

「浴室裡有個奇怪的女孩……」

幾分鐘前，我一踏出房門就發生此事。
小酌前，妻子想先洗澡，於是打開浴室門。
低頭一看，發現磁磚地板上散落著幾根烏黑長髮。
長度與出現在房裡的黑髮一樣。
雖然覺得噁心，她仍強自鎮定，準備洗澡。
可是，浴缸裝的浴簾緊緊拉上。
她內心掠過一股不祥的預感，但不能不拉開。
背對著沒拉開的浴簾，感覺更恐怖。
她躡手躡腳靠近浴簾，唰地一把拉開。

一名少女站在空蕩蕩的浴缸中。

接下來，一切發生在轉眼之間。
妻子一拉開浴簾，少女便跳出浴缸，像陣風般經過呆立的妻子身邊。
擦身而過時，少女朝妻子耳朵吹出一陣冰冷的氣息。
妻子彈起般回頭，只勉強看見少女衝出浴室的背影。
由於沒聽見開門聲，少女可能躲在房裡。或許是衣櫃裡，或許是鑽進床底下。

實在太恐怖，她根本不敢去確認。

雖然想過衝出房間向我求救，但她辦不到。

萬一打開房門，少女就在那裡……

妻子束手無策，只能在跪在浴室前哭泣。

從一開始，我就知道那個少女絕對是加奈江。不過，我仍向妻子問清她的模樣，果然與加奈江的特徵一致。

我安慰著不斷啜泣的妻子，煩惱好一陣子後，毫無保留地將至今經歷的狀況向妻子坦白。

有生以來，我第一次告訴別人這段遭遇。

如今回想，一切始於國中時代我無意識做的夢，要說是我的妄想也行。

目前爲止，每次碰到加奈江我都努力說服自己，這是我的妄想，要自己接受。抱持這種結論，我才能安心。

然而，最後的堡壘遭加奈江徹底破壞。

妻子終於目擊應該只存在於我腦中的桐島加奈江。

腦海掠過「集體幻想」的字眼，但現實嚴厲地駁斥我。

散落在房內的加奈江長髮，不管經過多久都沒消失。
無論加奈江的出身或來歷爲何，她並非我的妄想，眞的存在於現實中。
不得不承認這一切的日子終於到來，我眼前一黑。

加奈江一定會再度出現在我面前。
若是如此，希望她只出現在我面前。
不要再讓妻子看到她。
她是**絶對無法袚除**的怪物，到時我該怎麼保護妻子？
我沒有任何能對抗她的手段。

桐島加奈江　錄（註）

我和桐島加奈江的邂逅，乃至於每次相遇的情況，大致如此。

這是連寫下都令我忌諱的經驗，但本書的主題爲「解決怪談」，我首先想到自己最想解決的怪談，決定由此著手。

起初，我想盡量還原事情發生的經過，便翻出國中時代的筆記和素描本。經過二十多年，當時的紀錄並未全部留下，但仍找到一些關於桐島加奈江的敘述。

然而，其中一個根本沒印象的東西，導致我再次陷入厭惡的情緒。

那是以B5影印紙畫的加奈江。

從繪畫技巧和用色來看，那不是我國中時代的作品。硬要說，應該是美術專門學校時代的作品，可是和我當時的畫風有微妙的差異。

不過，毋庸置疑是我畫的，只是不清楚確切的時間。

那是正面站立的加奈江全身水彩畫。自從就讀專門學校，我才開始使用透明水彩，所以應該是在校時，或畢業後。

畫中的加奈江沒有笑容，像戴著能劇面具，毫無表情。

註：日文中，「錄」和「六」發音相同。

從這一點來看，可推斷並非抱著親密之情畫下的作品。
我拚命回溯記憶，但目前爲止，還是想不起是何時畫的。
我實在不願將這幅畫放在手邊，又認爲可能是個線索，只好裝進牛皮紙袋，貼上符咒，保管在工作室裡。

撰寫這篇稿子的過程中，我發現一個令人驚愕的事實。
現實生活中，我初次碰到加奈江是國二的夏天。
第二次是在二十幾歲的年底，第三次是剛滿三十歲的年初，第四次是三年前接近年底，然後第五次是去年十二月中旬。
除了第一次，我和加奈江的相遇全集中在冬天。

著手寫這篇稿子前，我完全沒發現。
如果加奈江是故意在冬天出現，或許這是相當有利的情報。
然而，得知這個事實後，別說安心，我反倒陷入更強烈的不安。
至今爲止，每次碰到加奈江，我便反覆進行所有種類的加持祈禱。
但直到現在，這些努力沒有任何成果。

不論怎麼祈禱、怎麼祓除，她都毫不在意地現身。

由於沒有抵抗的方法，知道她會在冬天出現也沒用。實際上，一到冬天，我只能提心吊膽地警戒著加奈江再次現身。

我不願這麼想，可是我和加奈江重逢的間隔愈來愈短。

從國二初次相遇到重逢約七年，再來是將近十年。不過，之後的五年間，加奈江出現三次。

此外，雖然沒直接看到她，其實我數次感受到她的氣息，而且每一次都是冬天。

我強調過好幾次，至今仍不清楚名為桐島加奈江的少女，究竟是何來歷。

她應該不是幽靈，但完全沒長大，也不可能是人類。

只能說她是「怪物」。當時對加奈江這麼說，她會怎麼回答？

在那個夏天的夢境中度過的每一天，依然鮮明地留在我的記憶中。

關於國二第一學期，到暑假途中爲止的數個月，我擁有兩個記憶。一個是被孤獨打擊到陷入絕望的現實記憶，另一個則是甜美地塡滿我一切的虛構記憶。

加奈江在我腦中烙下極爲忌諱，卻無法消除的記憶。從今以後，直到我死亡，都會一直留在腦海裡吧。

三年前，旁人都能清楚看見出現在購物中心的加奈江。

那麼，搞不好她已涉足這個世界，今天也在某處徘徊。

這樣一想，我的內心就紛亂不已，難以冷靜。

印著夏卡爾《藍色馬戲團》的白T恤，搭碎花長裙，穿折成三折的白襪和奶黃運動鞋。

身高約一百五十公分，烏黑直髮，長約六十公分。臉孔白皙纖瘦。小巧的鼻子，圓圓的鼻頭。

眉毛有點粗，黑眼珠有點大。只要微笑瞇起雙眸，看起來就像黑珍珠。不過，有時她會瞪大雙眸，簡直像圓盤般頗爲嚇人。

她的嘴很小，雙唇豐滿。可是，有時會裂開到耳根，和眼睛一樣嚇人。

搞不好，你有機會看到她。

就算眞的看到，絕不能與她扯上關係。一旦讓她盯上，會惹來許多麻煩。

這是我二十幾年來的親身經驗，絕不會錯。

只要一被她看見，恐怕到死都會遭到糾纏。

所以，絕對不要和她扯上關係。

冰冷的花朵

這是蓮見先生在婚宴結束，新婚初夜的遭遇。

他和妻子回到位在大廈的新居，發現客廳茶几上放著一束花。

那是白玫瑰人工染色而成，鮮豔的藍玫瑰。

早上出門時，沒看到這束花。備份鑰匙由蓮見先生保管，別提小偷，難以相信有人會特意潛進屋裡放這樣的東西。

花束附有卡片。

打開一看，只以黑原子筆寫著「半村麗美」。

看到名字的瞬間，蓮見先生臉色一沉。

「這是誰啊？」

妻子惡作劇般從背後湊過來，蓮見先生連對她溫柔微笑都沒辦法。

半村麗美，是蓮見先生半年前分手的前女友。

嚴格說來，與其說「前」，不如說是同時進行。他偷偷腳踏兩條船，決定和現在的妻子結婚，便單方面拋棄麗美。

聽兩人的共同朋友說，麗美兩個月前在家上吊自殺。

這束花不可能是本人送來的，大概是麗美的家人或朋友吧。

恐怕是不滿他結婚的人玩的小把戲。

嘖，他粗魯地抓起花束。

「哇！」他忍不住大叫，將花束丟在地上。

花束冷得像冰塊，他檢查手掌，皮膚微微紅腫，顯然是凍傷。

他狼狽地望向地板，花束卻消失不見。

怎麼可能？他紅著眼在客廳翻找，卻遍尋不著。

沒多久，蓮見先生的新婚妻子在家中撞見陌生女人。

女人不分日夜，出現在客廳、廚房、浴室、廁所，甚至寢室，到處都看得到她。

女人經常穿著圍裙打掃和做飯，像家庭主婦一樣。只要和妻子對上眼，就冷冷一瞥，如煙霧般消散。

蓮見先生回到家，妻子總會提起這種情形，他漸漸感到厭煩。

另一方面，妻子的精神狀況愈來愈差，開始去看精神科。

蓮見先生不曾在家裡看過妻子口中的女人。

然而，他立刻知道那是麗美。

妻子描述女人的特徵，和麗美的外貌一模一樣。一定是那女人化成鬼，來作弄他和妻子。

妻子持續就醫，身心日漸衰弱。她常突然對蓮見先生吼叫，或朝空無一物的地方丟擲物品。

「因爲你看不到，才能當成沒事！只有你看不到太過分了！」

這樣的抱怨成爲妻子的口頭禪。

繼續過這樣的日子，蓮見先生遲早會承受不住。於是，他彷彿溺水的人抓住最後一根稻草，瞞著妻子拜訪靈媒，向對方求救。

他忍著羞恥，告訴對方目前的狀況。「那一定是你以前的女友，想和你過夫妻生活。」靈媒搖頭道。

那該怎麼辦？對方又搖頭，「她完全當自己是你的妻子，很難要她離開。」

蓮見先生頓時感到絕望。回到家，只見狂怒的妻子在漆黑的客廳裡，朝看不到的東西痛罵：

「滾出去！妳給我滾出去！」

結婚不到半年，妻子住進精神病院，不久決定離婚。

蓮見先生獨自坐在客廳沙發上，回顧這些日子。

婚禮當晚收到的冰冷花束是一切的源頭。

藍玫瑰，是麗美喜歡的花。

結婚的捧花就選藍玫瑰吧……麗美似乎這麼說過。

回憶起來，兩人的關係已論及婚嫁。遭單方面拋棄、斷絕往來的麗美，究竟受到多重的傷害？

失去妻子、失去幸福的蓮見先生，終於想起麗美。

沉浸在寂寞的思緒時，他背後忽然傳來「叩」一聲。

回頭望去，廚房平檯上放著冒熱氣的馬克杯。

他起身一看，是熱咖啡。

蓮見先生有種預感，將要永遠與看不見的妻子一起生活……

順帶一提，藍玫瑰的花語是「奇蹟」，或「夢想實現」。

同房

三年前的冬天，明代太太和家人去外縣市的溫泉地旅行。除了丈夫和弘與高二的女兒，一同前往的還有明代太太的妹妹與她國中生的女兒。由於有兩個青春期的女孩，和弘先生住單人房。

吃完晚餐、泡完澡，女子們在大房間談笑時，和弘先生一臉陰暗地走進來。「怎麼？」明代太太關切道，和弘先生央求：「今晚能讓我睡這裡嗎？」「絕對不行！」兩個女孩馬上反駁，但和弘先生不願退讓，憂鬱地說：「不能想想辦法嗎？」

究竟怎麼回事？明代太太問，他解釋單人房裡有陌生女人。「躺在被窩裡看電視時，不經意瞥見一個女人。原以爲是我眼花，可是瞄到好幾次後，我看清她的模樣。那是穿白和服，面目猙獰的女人。」

總之，我眞的很害怕。我不想睡在那間房，拜託讓我在這裡過夜吧。

和弘先生拚命懇求，她們卻哈哈大笑打發他。

「你在說什麼啊，那間房是飯店免費提供的，趕緊回去休息吧。」

明代太太雖然笑著，還是嚴厲拒絕，把他趕出去。

至今，她仍無法忘記丈夫如孩童般恐懼的表情。

隔天，遲遲等不到和弘先生起床，去他房間一看，發現他死在被窩裡。

他雙眼圓睜，似乎受到驚嚇。

那天晚上，丈夫究竟遇上何種遭遇？

「早知道就讓他一起睡……」

明代太太說著，和女兒一同啜泣起來。

第一發現者

那是過年氣氛完全消散，今年一月中旬的事。

晚上八點過後，我結束仙台的到府諮詢，回到當地車站。

我穿過剪票口時，車站外有個男人怒吼著：

「你們算什麼東西！這群笨蛋！笨～蛋！」

聽這音量和內容，最好不要靠近。我佯裝若無其事，打算走出車站。

「到底在搞什麼！不知道嗎？你們麻煩大了！」

我瞄向聲源處，對方是年近六十的瘦小男人。

他滿臉鬍子，穿著骯髒的夾克，不斷抓住從車站出來的乘客，說著難以理解的話。

「請不要這樣，您打擾到其他乘客了，拜託。」

旁邊的年輕站員有禮地勸阻。

可是，男人無動於衷，反倒更執拗地糾纏出站的乘客。

「喂、喂，聽我說，事情不妙！你瞧瞧！」

不管對方是誰，一逮到人他就重複著意義不明的話。

「啊啊，那是什麼？很糟糕吧？怎麼沒人懂啊！」

他不斷指著頭上。

有人跟著抬頭，但沒反應；有人側首不解，或臉色難看，像要從男人面前逃走般離開。

「搞什麼，你們都是笨蛋嗎？怎麼就是聽不懂！」

這群笨蛋！笨～蛋！

男人又重複著這句令人印象深刻的話。

「聽不懂嗎……居然聽不懂……就是那個啊，那個！」

他焦躁不安地堵住別的乘客，不斷指著頭頂。

到底是什麼很糟糕？順著男人的視線望去，我恍然大悟。

車站前的電線桿上，有個一頭蓬亂白髮的老太婆。

她雙膝倒掛在纜線上，搖搖晃晃。

「你們糟糕了！很糟糕啊！懂不懂？不趕緊處理就麻煩了！」

遺憾的是，他的努力完全沒用，恐怕只有我和他看得見老太婆。

倒掛著的老太婆，脖子像大蛇般地滑向地面。她的頸骨可能被折斷或拿掉，因爲頭蓋骨的重量造成她的皮膚垂下來。

一眼便看得出她早就死了。

然而，老太婆卻笑容滿面地朝男人揮手。

那是不可能存在的景象，也是不能目睹的場面。

「看不到嗎？你們要見死不救？不快處理就糟糕了！」

又看不見，早就死了，一點都不糟糕。

只要不理睬，徹底無視即可。就是那一類東西。

「這群笨蛋！這群笨～蛋！」

他再度吼著這句令人印象深刻的話。

早點發現不用理會老太婆就好了，我暗暗想著。

「能不能麻煩您來辦公室一趟？」

三名站員走出來，圍住男人。時間到。

男人奮力抵抗，站員仍拖著他消失在站內。

抬頭一看，電線桿上的老太婆朝男人的背影揮著手。

讓她看上可不妙，我立刻轉身離開。

之後，我仍定期進出同一個車站，但再也沒見過男人與老太婆。

E.T.

由於京野先生調職，全家搬到市區的大廈。

不久，三歲的女兒愛理變得很討厭進出大廈。

比方，跟京野太太購物完回家，走到大廈前方，便會嚎啕大哭。換成外出也一樣，想帶她去附近的公園玩，她會在大廈入口激動哭泣，頑固拒絕踏出門外。

這種情況反覆發生，但愛理往往只哭叫著「不要！討厭！好恐怖！」，根本猜不出原因。

心理上還無法適應環境的變化嗎？

京野先生如此判斷，於是假日花很多時間陪伴女兒。

過一陣子，下班回家的京野先生租了《E. T.》的DVD。京野太太平常會租動畫給愛理看，所以他特意借孩童也能樂在其中的電影。

看到電視螢幕上的E. T.，愛理尖叫著哭泣。

「大概是年紀小，覺得很恐怖。E. T.太逼眞了。」

京野太太抱著哭個不停的女兒，苦笑道。

「E. T.好可怕！E. T.好可怕！」

「愛理，對不起。爸爸不會再繼續播放，對不起。」

京野先生摸著大哭大叫的女兒腦袋，不斷道歉。

經過此事，愛理找到在大廈入口哭泣的「理由」。

之前，她只會說「討厭！恐怖！」，現在會哭鬧著嚷嚷「有E. T.」。

「全怪你給她看那種電影。」

京野太太不高興地責備丈夫。可是，愛理從以前就會突然大哭，而且只會在大廈入口喊「E. T.好可怕」。待在家裡時，她不曾講過這樣的話。

「該不會看到怪東西吧？」

京野先生脫口而出。這實在是說不上開玩笑，也說不上認真的曖昧臆測。

又過一陣子。

那天晚上他難得加班，直到深夜才踏上歸途。

拖著疲憊的身軀穿過熟悉的住宅區，他抵達大廈。

幾乎每一戶都熄燈，整棟大廈一片漆黑，靜悄悄的。

剛要踏進大門玄關，背後忽然傳來「咚」的巨響。

他驚訝地回望，只見一個沒有腳的男人，直挺挺佇立在柏油路上。

那是個禿頭矮小的西裝男人，滿臉皺紋，圓睜著雙眼。

雖然矮小，男人的身軀卻膨脹著，也有點變形。

對上京野先生的目光，男人發出噗啾噗啾的聲音靠過來。

原以爲男人沒有腳，但並非如此。皮鞋像埋在腹部底下般前進，僅僅露出一點褐色鞋尖。

男人一往前，垂落地面的雙手便會摩擦地面，發出乾燥的唰唰聲。

噗啾噗啾、唰唰，噗啾噗啾、唰唰。

伴隨令人不快的聲響，男人緩緩逼近京野先生。

京野先生赫然回神，尖叫著逃回家。

到家後，他顫抖著向京野太太說明剛剛的遭遇。愛理聽到騷動醒過來。見愛理揉著眼睛，京野先生發現一件事。

「……愛理，妳說的E. T.穿怎樣的衣服？」

「跟爸爸一樣，打領帶。」女兒指著京野先生的西裝回答。

「頭髮呢？是什麼髮型？」

「他沒有頭髮，像章魚光溜溜。」

京野先生終於弄清女兒害怕的理由。

禿頭、大眼、膨脹的身軀，及只有腳尖的短腿。

確實很像E. T.。

之後，京野先生從同大廈的住戶口中，得知這裡是自殺勝地。二十年來，發生超過三十件的跳樓自殺。偶爾會受到落地的衝擊，造成死者雙腿埋進身體的個案。很快地，大廈又發生新的跳樓案件。

愛理愈來愈害怕E. T.，絲毫不見好轉。雖然入住不到兩個月，京野一家仍決定搬出那棟大廈。

沒有印象

在製鐵公司工作的馬場先生，告訴我這個故事。

有一天，他決定要處理掉寢室壁櫥裡堆積如山的老舊錄影帶。

由於有許多喜歡的綜藝節目或電影等珍貴影像，他打算挑選過後燒成ＤＶＤ。只是，不少錄影帶沒標籤，他必須一卷一卷播放確認。

播放幾十卷後，馬場先生忽然停下手。

電視螢幕上出現他的身影。

看起來是固定攝影機，從正上方拍攝在睡覺的馬場先生。

棉被鋪在有些骯髒的榻榻米上，破破爛爛的衣物、塑膠袋、老舊的熱水瓶、人偶等雜物，胡亂堆在一旁。

馬場先生不記得曾睡在這種地方，更不記得曾接受拍攝。

況且，他根本不曉得影片的背景究竟在哪裡。

拍攝角度也很奇怪。

從正上方拍攝在睡覺的馬場先生，表示攝影機安裝在天花板，或是從天花板上拍攝。

包含馬場先生自己在內，周圍根本沒人會耗費心思拍攝這種毫無意義的畫面。就算有好了，拍攝目的爲何？

他皺眉盯著畫面半晌，赫然驚覺一件事，像被推了一把般後退，哇哇大叫。

雖然對影像內容毫無印象，但他認出拍攝地點。

那是幾年前，他和朋友深夜前往的某棟廢屋。

影片中散落在棉被周遭的人偶勾起回憶。

他對散亂的垃圾和地板有印象。

可是，馬場先生去廢屋不過是幾年前的事。

塞在櫃子十幾年的錄影帶裡，怎會出現這一卷？

馬場先生根本毫無記憶。

影片只拍沉睡的馬場先生，約一小時後便唐突結束。

馬場先生表示，他眞的不記得曾睡在這種地方。

不記得了

大學時，佐野先生和社團成員一起去試膽。

地點在當地山中，長年棄置的小學廢墟。

深夜，負責帶頭的佐野先生走在最前面，一行人戰戰兢兢地踏進寂靜的校舍。

在校舍二樓走廊前進時，深處的黑暗中，忽然閃出一道刺眼的光芒。

眾人嚇得一縮，旋即發現是手電筒燈光。

黑暗另一頭，隨著亮光傳來男女愉快的交談聲。原來是來試膽的其他團體，大夥不禁鬆口氣。

繼續前進，毫不意外地看見那群人走近。

「晚安，有沒有遇到怪事？」

他們笑著向對方輕輕揮手。

「晚安，沒什麼特別的。」

對面拿著手電筒的男子笑著回答。

「哈哈哈，這樣啊。」

雙方談笑幾句，佐野先生一行與那群人擦身而過。

「再見。」

他輕輕向男子點頭致意。

「再見。」

對方同樣點點頭。

佐野先生一行再度邁出腳步。

這一瞬間，眾人背後忽然一片安靜。

「咦？」

佐野先生詫異回頭。

空無一人。

那不過是短短一瞬間的事情。

回程車上，眾人談起剛剛那群男女，發現不太對勁。

大夥都記得曾在走廊與一群男女擦身而過。

然而，誰都不記得那個團體有多少人，男女又各有幾人。

有的覺得是三個人、有的覺得是四個人，也有的覺得是五個人，甚至有的覺得是超過七、八個人，是更多人的團體。

大夥拚命討論，但不論怎麼回溯記憶，都沒有從黑暗走廊彼端出現的那群男女的具體印象。

佐野先生只記得交談的對象是男子，但別提年紀，打扮或長相完全想不起來。

唯獨深夜在漆黑廢校裡和一群男女擦身而過，這個模糊又惡劣的記憶，至今仍殘留在佐野先生一群人的腦中。

人偶照片

年近四十的奧田太太，帶了一張照片過來。

照片上是一尊穿紅和服的大型日本人偶。

某處的起居室或日式客廳裡，人偶孤伶伶地站在榻榻米上看著鏡頭。

如西瓜皮的髮型，面龐白皙，眼睛像黑棋般發出光澤。

「這個人偶哪裡不對勁？」我問道。

「你沒發現嗎？」奧田太太解釋：「那是我女兒。」

那是七五三節（註）時，三歲的女兒在自家客廳拍攝的紀念照片。

仔細一瞧，那個人偶確實單手拎著千歲糖，小手是正常的膚色。

「所以很奇怪，照片上不是我女兒的臉。」

雖然她這麼說，照片上只有一張白皙平板的人偶面孔。

註：慶祝男孩和女孩三歲、男孩五歲、女孩七歲的節日。

殺人者的臉孔

他聲稱勒斃交往的十七歲少女，入獄服刑八年。

半年前，出獄後的吾妻和新女友住在市區的高層大樓裡。

「殺人的罪行恐怕得用一生來償還。」

他自嘲地笑道，像在窺探我的反應。

在吾妻住處的客廳裡，我和他隔著玻璃小茶几對坐。

我剛要開口，吾妻的手機傳出巨響。

我不清楚那是什麼曲子，也沒興趣知道，反正是嘻哈之類的刺耳歌曲。

「抱歉。」

吾妻滿不在乎地接聽，若無其事講起手機。

諮商開始二十分鐘，這是第四通來電。

「咦，眞的假的？騙人的吧！嗯，知道了，我晚點過去。」

他單邊耳朵打了成排耳洞，掛一串耳環。沖天的金髮，條紋黑西裝，開到胸口的紅襯衫，隔著桌子都能聞到刺鼻至極的香水味。

二十多歲，擁有包括殺人罪在內的兩項前科，目前無業，靠著女友的收入過著自甘墮落的生活。

吾妻大致是這樣的人物。

「眞抱歉，一直有電話進來。」

坐在吾妻身邊的女人低頭道歉。她是吾妻女友工作的酒吧老闆娘。由於她的介紹，我接下吾妻的委託。

「總之，出獄後美香就一直向我招手。」

吾妻結束通話，再度轉向我。

美香是吾妻八年前勒斃的前女友。

「晚上睡覺時，我會突然醒來，走到陽台。」

吾妻住在九樓。他會像夢遊般漫步到陽台，美香飄浮在夜空中對他招手。

「撞上陽台欄杆後，我才會清醒。」

說到這裡，他的手機又響起。

「啊，抱歉。」

咦，怎樣？嗯，眞假？眞的！眞的！

他略帶憔悴的神情，一接起手機就變成閃亮的笑臉。

「實在不好意思，中斷這麼多次。」

老闆娘再度道歉，但我已不把她的道歉當眞。

「我眞的忍耐到極限，女友非常擔心，我到底該怎麼辦？」

通完話，吾妻恢復溫順的模樣。

「出獄後，你去掃過墓嗎？首先要從這一點做起。」

「啊，沒辦法，她父母不准我去。」

「那麼，你不自己做供養嗎？比如每天雙手合十祈禱，或抄寫經文。」

「現在的女友會吃醋，所以我沒做。我不想讓女友擔心，沒有更好的方法嗎？像驅邪和除靈之類。」

「聽起來，你似乎沒有任何歉意？前女友應該是希望你誠心道歉。」

「也對，畢竟我殺了人。眞的是這樣，我在監獄裡，每天都懷著愧疚努力工作。」

「可是，那純粹是法律上的贖罪，你要……」

第六通電話響起。

「啊，抱歉。」

咦，嗯嗯。哈哈哈，那實在太慘了！當然糟糕啊！眞的！

我忍耐著等他講完，再度拉回話題。

「由於是委託的工作，我今天會進行供養。但重要的是，你今後要繼續以某種形式，誠心向她道歉。」

「是啊，也對。剛剛提過，殺人罪行得用一生償還，我是這麼想的。」

他不斷說什麼「殺人」，我愈聽愈受不了。

「所以更應該好好供養她。建議你下定決心，至少去掃一次墓。這樣你的心情多少會有改變。」

「對啊，吾妻，如果方便，你和惠理去一趟吧。」

老闆娘沉穩附和。惠理似乎是吾妻女友的名字。

「這樣嗎……可是，我覺得實際上很困難……」

當他吞吞吐吐時，今天第七通來電響起。

「啊，抱歉。」

唔，是我。喔喔，嗯嗯，我知道、我知道啦。現在就去。嗯，掰掰。

「抱歉，我有急事，今天先到這裡可以嗎？」

他說著站起，從口袋拿出皮夾。

「錢，這樣夠吧？」

他抽出兩張一千圓放在茶几上。

「房間任你使用，請幫我供養她。要除靈也ＯＫ。」

那我先走了！

他粗魯地鞠躬，匆匆離開。

「眞是對不起。」

老闆娘一臉苦澀，不斷向我低頭致歉。

「他不是壞孩子，似乎很認眞考慮和惠理結婚。你能幫忙嗎？」

「在這之前，他自己該有個樣子。」

接著，在當事人沒出席的情況下，我替遭吾妻「殺害」的美香進行徒具形式的供養。

老闆娘再次懇求，我適當回應後，離開大樓。

回程車上，一想起吾妻，我不禁深深嘆氣。

在諮詢途中，吾妻的額頭一直浮現像人面瘡的女子臉孔。

凝於額頭的面積，那張臉孔不大，但五官一應俱全。

那恐怕就是他的前女友美香。

美香有時會揚起嘴角，從吾妻額頭上不斷向我低語「回去」。

建議吾妻去參拜美香的墓時，她流露憂鬱的神色，我印象深刻。

而後，大概是對優柔寡斷的吾妻感到不滿，她始終是惡狠狠的表情。

同時，吾妻的雙頰也浮現臉孔。

看起來是嬰兒的臉孔。

我聽不到聲音，不過從眼鼻皺在一起，大大張著嘴巴的模樣看來，兩個嬰兒都在哭泣。

八年前，兩人之間究竟發生什麼事——

我終究沒機會問出來。

在那之後，老闆娘沒再與我聯絡，我無從得知吾妻的近況。

只是，至今我偶爾仍會想起，吾妻那像壞掉的福笑(註)般的臉孔。

註：日式遊戲之一。玩家得蒙住雙眼，將分散的五官圖片放回空白的臉上。

猜猜我是誰？

某天，亞美小姐和男友約好，在車站前的咖啡廳會合。

焦急等待遲到的男友時，忽然有人從後面遮住她的雙眼。「猜猜我是誰？」

「討厭，怎麼這麼慢！」

她笑著揮開那雙手，往後一看，只有一片白牆。

「啊……」她驚呼出聲。

亞美小姐坐在店內最深處的角落，而且是靠牆。

不論從哪個角度，都沒有手能伸過去的空間。

魔術師

午餐營業時間快結束，接近下午三點前，一個男人走進野木先生經營的小食堂。

那是四十出頭，身材瘦高的男人。

他穿褐西裝，搭高領黑毛衣，戴紅貝雷帽。

是初次上門的客人。

點一碗味噌拉麵後，男人從提包拿出泡麵，放在桌上。

那是隨處可見的大廠牌基本款泡麵。

對方該不會要求提供熱水吧？野木先生不禁皺起眉。

不過，男人搖搖頭，笑著說：「沒事，請不用擔心。」

野木先生疑惑地煮好拉麵，放到男人面前。

然而，男人看也不看，直接撕開泡麵的蓋子。

容器中忽然升起一道灰白煙霧。

仔細一瞧，裡頭裝著熱騰騰的拉麵。

「本店禁用外食。」

野木先生不高興地出聲抗議，男人笑著指向野木先生拿來的碗。

不知何時，碗空了。

「不是這個碗，我就沒辦法吃飯。」

男人端起容器呼呼吹著，小口吃起拉麵。

容器裡的麵、食材和湯，確實都是野木先生煮的味噌拉麵。

「你怎麼辦到的？」

野木先生彷彿遭狐狸欺騙，不自覺問道。

「這是魔法啊，魔法。」

男人若無其事地回答，一派輕鬆地繼續吃麵。雖然男人說是魔法，不過野木先生認為他是魔術師之類的人物。

吃完拉麵，結帳時男人告訴野木先生：

「你兒子變成這樣了。」

男人再次撕開泡麵的蓋子，遞到野木先生眼前。

探頭一看，野木先生驚愕大叫。

裡面堆著幾根鮮血淋漓的小手指。

「小孩子總是粗心大意啊。」

男人有些失望地低喃著，緊緊闔上蓋子。

一切發生在轉瞬之間，野木先生完全搞不清狀況。

他還在發愣，男人已走出店外。

隔天，午餐時段的營業結束，野木先生在休息時，妻子臉色大變地衝進店裡，告訴他小學四年級的兒子被狗咬，剛送去醫院。

兩人慌忙趕去醫院，才曉得兒子右手四根指頭受傷嚴重。放學後，他逗弄朋友家養的狗時被狠狠反咬。

那究竟是什麼機關？昨天男人留下的話居然成眞了。

火上加油

約會結束，回家路上，首藤先生的女友告訴他一件事。

最近搬進新公寓後，她看到面目不詳的黑色人影。

那道影子總出現在她的視野一隅，要是被注意到，就會動一下，隨即消失。不管是淋浴、看電視，或閉上雙眼就寢前，影子會忽然出現。當她移動視線，影子就像逃跑般不見。

一開始，她努力告訴自己，那不過是自己多心，但次數實在多得不尋常。況且，雖然是視野一隅，人影未免太清楚。

先不談那究竟是什麼，她必須承認房裡眞的有不明之物「存在」。

影子沒幹壞事，只是一回神，就會出現在視野一隅。除此之外，沒有任何作爲，目前爲止她並未受到實際傷害。

「不妨礙日常生活倒是還好，就是覺得有點不舒服。」她苦笑道。

幾天後，首藤先生帶平安符去她住的公寓。

爲了讓女友安心，他到當地神社求幾張驅邪的平安符。

神社的人告訴他，將平安符貼在住處的四個角落，形成結界，可袪除邪惡之氣。看到平安符，女友非常感動。兩人立刻按指示貼起平安符。貼好後，心情愉快許多，於是兩人出門約會。

深夜，女友回家一看，燒得焦黑的四張平安符掉在木地板上，一碰即碎。從當晚起，她天天碰到鬼壓床。廚房的餐具、杯子，房內的小東西莫名其妙掉落摔破。看到黑色人影的次數明顯增加。稍一鬆懈，不光待在視野一隅，甚至會靠近她。近距離觀察黑影，她才發現那不是人影，而是像小蟲蠢蠢欲動般的點狀物，聚成的一大塊人形。

最後，她再也無法忍耐，決定搬出公寓。現在她和首藤先生一起生活。

誘導　陰

大學畢業不久，從某天起，成美小姐每晚都為嚴重的惡夢困擾。夢中一定會出現穿白和服的年輕女子，和成美小姐差不多歲數。她總一臉憔悴陰鬱，沉默地跪坐在成美小姐肚子上。

成美小姐動彈不得，只能發抖。接著，女人會探出身子，咻地逼近成美小姐。最後，成美小姐會尖叫著醒來。

望向時鐘，一向是凌晨三點過後。成美小姐往往再也無法入眠，在被窩裡輾轉反側到天亮。

這種情況持續一個多月。

當時，成美小姐剛進成衣相關的公司工作。由於每晚做惡夢，上班前就疲憊不堪，她無法順利吸收工作所需的知識，小錯不斷，不停遭上司斥責。

成美小姐告訴雙親，但他們完全聽不進去。

雙親認為，她是社會新鮮人，太緊張才會做奇怪的夢。

這樣下去真的不妙，成美小姐決定到精神科就診。可是，醫生開的精神安定劑和安眠藥，一點用都沒有。

雖然能靠藥物入睡，女人照樣出現在夢裡，坐在成美小姐肚子上。

某天晚上，成美小姐又從夢中驚醒，發現一件奇怪的事。

通常掀開棉被醒來，時鐘絕對顯示爲凌晨三點過後。

目前爲止，由於恐懼和倦怠感，她迷迷糊糊認爲差不多是這個時刻，可是並非如此。

正確來說，是凌晨三點十六分。昨天和前天，她都看了時鐘，確實是相同的時間。

搞不好之前也是……不，一定是。

儘管毫無根據，但應該沒錯，成美小姐有七、八成把握。

隔天晚上，又因夢到女人醒來，她立刻確認時間。

果然是凌晨三點十六分。

隔天、隔天的隔天，皆不例外。

或許有什麼緣故……

原本她不太關心這種帶有靈異色彩的事，但當前的狀況不一樣。

每晚反覆的惡夢，總在相同時間醒來，全都無法以常識解釋，成美小姐不得不往超越人智的方向尋找原因。

熟悉那方面的朋友建議，雖然可找專業人士進行祓除，不過最好先去參拜自己家族的墓。

於是，成美小姐利用休假，前往自家附近的菩提寺（註）。

她在家族的墓前放上花束和線香，靜靜合掌膜拜。

她專注祈求祖先早日成佛，及希望能夠脫離現狀。

結束參拜，走在墓地之間的小路時，她忽然想起本家的墓也在這裡。不如一併參拜，她這麼想著走到墓前。

蹲在墓碑前準備雙手合十，她留意到墓碑旁的法名碑。

碑上最新的法名欄刻著〈靜子・三月十六日・二十三歲〉。

三月十六日。

三點十六分。

就是這個！

靜子是本家的獨生女。成美小姐年幼時聽父母提過，她似乎罹患重病或因故去世。

從碑上的得年看來，恰恰與如今的成美小姐同年。

是羨慕同年的成美小姐，還是懷念自己在世的時候？

這麼年輕就去世，想必非常遺憾……

成美小姐在墓前膜拜許久，嚴肅祈求靜子能夠安息。

那天晚上，成美小姐睡得很不舒服。醒來一看，發現一身白的女人坐在她肚子上。

之前都是女人出現在夢中，而後她嚇得醒來。

不料，今天醒來後，女人居然還在。

順序不對。

所以，這不是——夢。

領悟的瞬間，女人張開血盆大口，逼近要放聲尖叫的成美小姐。

不同於至今的沉重表情，女人帶著怒意的臉極爲駭人。

成美小姐失去意識，昏迷到早上。

註：爲家族安置祖墳，進行法事的寺院。

誘導　陽

在那之後，女人每晚都會出現。

不是出現在夢裡，而是醒來的成美小姐面前。

自從在本家的墓前得知靜子小姐的忌日，成美小姐的生活產生變化。

每晚出現的女人，極可能是靜子小姐。即使不是她，最近一連串怪事的元凶，應該和本家脫不了關係。

成美小姐進退兩難，只能拚命說服雙親前往本家商量。雙親始終不肯答應，交涉許久，才以「絕不能詢問任何有關靜子小姐的事」爲條件，接受她的請求。

後來，雙親帶成美小姐造訪本家。

繼承人去世後，只剩靜子小姐的年邁雙親住在本家。

成美小姐的父母找到像樣的藉口，讓對方答應他們爲佛壇上香。老夫婦有些驚訝，仍領著成美小姐一家前往佛堂。

按對方的指示，成美小姐在佛壇前坐下，上香後靜靜雙手合十。

她花了很長的時間，認眞祈禱靜子小姐能夠安息。

誠心膜拜結束，剛要抬起頭，她膝蓋附近響起啪噠一聲。

她低頭一看，發現佛壇前放置經文的小桌下方，有東西倒下。

那是白木牌位。

啊，成美小姐發出驚呼。坐在身後的靜子小姐母親，無言探出身子，一把抓起牌位，迅速扔進小桌下方，若無其事地坐好。

成美小姐驚訝地回頭，只見那位母親的神情冷漠，宛如戴著能劇面具，令人害怕。

「……這是怎麼回事？」成美小姐問道。

「沒事。」靜子小姐的母親丟出一句，便沉默得像顆石頭。

坐在一旁的靜子小姐父親，露出希望他們趕快離開的神色。

成美小姐的雙親察覺不對勁，語無倫次地道謝後，慌張起身。成美小姐像被父母推著走般，離開本家。

到家後，成美小姐難以理解老夫妻誇張的態度，忍不住向雙親追究。

兩人含糊其詞一陣，終於勉強開了金口。

令人驚訝的是，原來靜子小姐並非因病去世，而是自殺。

根據雙親的說明，本家那對老夫妻從年輕時就醉心於當地一名可疑的靈媒，反覆做出超出常軌的行動。

不僅本家的人，親戚大半和他們斷絕往來。可是，他們卻變本加厲地盲從靈媒。比方，靈媒指示要在庭院建水池，他們便立刻建水池，之後說要埋起來，又喜孜孜埋起來。靈媒建議養狗就馬上養狗，希望他們扔掉狗，他們也毫不猶豫扔掉。

總之不論大小事，毫無例外。

當然，靜子小姐出生後，這種極度異常的崇拜依然持續著。

這對父母會和靈媒商量關於靜子小姐的所有事，並遵照「指示」行動。從靜子小姐就讀的幼稚園、學校，可以交往、不能交往的朋友，髮型與服裝，興趣與才藝，甚至將來結婚的年齡、何時該生兒育女，無一不請教靈媒。

連「靜子」這個名字，都是靈媒說「取別的名字會早死」，雙親千恩萬謝地收下。以指示爲名，靜子小姐的人生受到靈媒的妄言掌控。

對於靈媒的妄言，隨著年齡增長，自幼順從的靜子小姐逐漸產生強烈的疑問和反抗心理。毫不理會女兒的意志，單方面宣告女兒該做什麼的靈媒和雙親，與靜子小姐的衝突日漸增加。

事情發生在靜子小姐成年，開始工作沒多久。

從靈媒妄言決定的大學畢業後，靜子小姐同樣在靈媒妄言決定的當地公司就職。那不是她喜歡的，也不是能帶來成就感的工作。然而，她仍毫無怨言地付出，因爲她想要離家的資金。

由於靈媒的妄言，靜子小姐學生時代無法外出打工，完全沒有儲蓄，離不開家裡。她從每個月的薪水裡偷偷存下私房錢，擬定出走的計畫。

她滿心希望能盡快遠離這個家。

爲了這個目標，她每天辛勤工作。

懷抱著祕密的願望，就職幾個月後，靜子小姐的念頭變得更強烈。因爲她有了初戀情人。

對方是公司同事，雖然內向懦弱，不過非常溫柔。

順利離家後，能租個屋子和他一起生活就好了。

靜子小姐盤算著儲存的獨立資金，描繪出這樣的夢想。

然而，父母很快得知靜子小姐的戀情。

「居然沒問老師就擅自行動！」

雙親痛罵靜子小姐一頓，立刻去找靈媒商量。

靈媒當然不允許，認爲靜子小姐未到命中注定的適婚年齡，連與異性交往都嫌太早。

雙親憤怒地回家，不由分說地逼靜子小姐和男友分手。

然而，靜子小姐的忍耐瀕臨極限，她激烈反抗。

「我和你們不再有任何關係，我要和你們斷絕親子關係！」

即將存夠獨立資金，靜子小姐強硬起來，一口氣說完，便回房整理行李。

學不乖的雙親馬上打電話給靈媒。

靈媒不負責任吐出的一句話，決定了靜子小姐的命運。

你們的女兒被惡靈附身。

這一瞬間，雙親對待靜子小姐的方式產生巨大的轉變。

他們監禁靜子小姐，將反抗的女兒硬關進院子裡的倉庫。

接著，他們打電話到靜子小姐的公司幫女兒辭職。

準備妥當後，名爲除靈的虐待，沒日沒夜地展開。他們將靈媒請到家裡，在靜子小姐面前，不斷吟誦噁心的咒文。

靜子小姐一生氣抵抗，靈媒就會說「惡靈在誘惑你們的女兒」之類的話，反扣靜子小姐的雙手，或騎在她身上，徹底進行祈禱。

每天反覆進行這樣可怕的儀式，靜子小姐日漸衰弱，不再反抗。

然而，這對父母居然爲可憐的女兒策畫更殘酷的「結局」。

他們要求靜子小姐的情人，在電話裡和她分手。

靜子小姐離職後，情人擔心她的安危，屢次聯絡靜子小姐家裡。

起初，雙親都以「沒義務告訴你」、「靜子不在家」等說法拒絕回應。有一天，瘋狂的夫婦倆浮現殘酷至極的念頭。

不久，靜子小姐的情人再度來電，他們輪流說著：

「我們家信仰虔誠，屋內每個角落都有神明降臨。我們是神明忠實的眷屬，是受神明萬千寵愛，神聖至極的家族。」

聽著靜子小姐雙親異想天開的話語，情人漸漸安靜下來。

眼看時機成熟，靜子小姐的父親補上最後一刀。

「你有和這樣的家族交往的覺悟嗎？如果可以，要請你以神明眷屬的身分發誓永遠效忠，無法接受就快和我女兒分手。」

情人沉默半晌，聲如蚊蚋地答應。

於是，雙親將關在倉庫的靜子小姐帶出來，讓她聽電話。

一開始，聽到睽違許久的情人聲音，靜子小姐臉上綻放光彩，但很快就露出陰暗的表情。

結束通話，靜子小姐當場跪倒，瘋狂哭叫。

這樣一來，女兒會清醒，附身的惡靈也會離開吧。

雙親毫不理睬趴倒在地，號啕大哭的女兒心情，相視而笑。

只是，兩人安排的「結局」，成爲壓垮靜子小姐的最後一根稻草。

隔天早上，兩人打開倉庫一看，靜子小姐已上吊身亡。

對兩人來說，失去女兒的打擊非同小可。葬禮期間，父親始終沉默，神情險峻地站著。母親像個廢人，只剩空殼。

即使如此，這對父母仍頻繁拜訪靈媒。

靜子小姐自殺前，留下寫滿對雙親和靈媒的種種怨恨和憤怒的遺書，詛咒的話語塞滿紙面。

雙親沒將遺書送交警方，而是拿給靈媒。

看完遺書，靈媒對靜子小姐的雙親說：

「你們的女兒顯然是惡鬼邪神的化身，只是至今都僞裝成人類。這傢伙失去人類的軀殼，接下來一定會竭力對你們作祟、殺害你們吧。不過，別擔心，我會不惜一切毀滅這傢伙。」

大夥齊心協力消滅惡鬼邪神吧——

老夫婦妄信讒言，繼續傷害死去的女兒。

「所以，我能理解那孩子為何會出現。」

成美小姐的父親如此作結，深深低下頭。

「好了，話就講到這裡。雖然不曉得靜子出現在妳面前的理由，不過，既然都特地到本家上香，她應該會滿意。」

語畢，父親打算起身，成美小姐卻強烈感到不對勁。

父親似乎有所隱瞞。

不清楚究竟隱瞞什麼，但顯然並未吐實。

她內心騷動不已，根本無法冷靜。

對於一直安靜聽著父親說話的母親，成美小姐有種難以言喻的奇怪感受。

成美小姐輪流看著兩人，察覺隱瞞「什麼」的元凶。

一幕確信的情景掠過腦海，成美小姐渾身冰涼。

她失控地質問雙親。

「你們怎會那麼瞭解靜子家的狀況？」

成美小姐拋出這句話，雙親肩膀大大抖動。

沉默片刻，父親微弱地回答：

「爸媽以前去找過那個老師……」

成美小姐腦中頓時一片空白。

「但現在沒去了，妳還小的時候就沒去了。」

面對父親的告白，成美小姐早已忘卻的記憶復甦。

小時候，她曾和父母前往既不是寺院也不是神社，外觀奇特的建築。

一個穿奇怪花紋衣服的男人與父母熱心地談話。

預測到接下來的話題走向，成美小姐心跳加遽。

「我們沒再去過，我發誓，真的。很久以前就沒去了。」

成美小姐打斷拚命辯解的父親，再次質問：

「你們涉入多深？」

「只是偶爾造訪本家時，聽他們談起而已。」

父親避開成美小姐的目光，空泛地敷衍。

「騙人，根本不只這樣吧？」

成美小姐語氣益發粗暴，始終沉默的母親低喃：

「我們幫忙過幾次除靈……」

太過分了……

強烈的憤怒竄上心頭，她逼近母親大聲叫喊：「真的只有這樣嗎？」

安靜低著頭的母親倏然站起，以惡鬼般的神情緊盯成美小姐。

「靜子不斷拜託我們救她。拜託我們說服她爸媽，求我們讓她見男友，幫她逃出那裡。她拜託我們好多重要的事，可是我們通通無視。我們斥責她，一切都要遵從老師的決定，是我們把靜子推到地獄。」

我們等於殺了那孩子啊！

母親歇斯底里地吼完，跪倒在地，號啕大哭。

沉痛看著一切的父親，抱著母親的肩膀含淚道：

「夠了吧，求妳原諒我們。」

成美小姐當場虛脫，默默回房就寢。

從那天晚上起，靜子小姐沒再出現。

野性的直覺

深夜，手島先生在客廳看電視。

在他的膝上睡得呼嚕作響的貓，忽然醒來。以爲牠要去上廁所，卻發現牠盯著半空低吼。

順著貓的視線望去，卻沒看到任何東西。

這隻貓又在做奇怪的事，手島先生暗暗想著。而後，貓朝天花板用力跳起。

瞬間，手島先生頭頂傳來女人的慘叫。

扭著身體落地的貓咬下一束長髮。

他驚訝地拿起一看，那束長髮約四十公分，髮量和一束芒草差不多。

手島先生的家人中，沒人的頭髮這麼長。

仔細一瞧，髮根附著一小塊帶血的黃頭皮。他慌忙將頭髮丟進垃圾桶。

自當天起，手島先生便暫停熬夜。

生前供養

經營汽車保養廠的草野先生，平常對於佛壇之類的物品毫不在意。他並非有偏見，只是沒興趣。盂蘭盆節或彼岸（註）的掃墓，他隔幾年才去一次。出席葬禮或法事，及各種相關禮俗，他都覺得很麻煩，無法適應。

這樣的草野先生，偶爾會非常想在佛壇前膜拜。

談不上特別的動機。真要說的話，很接近身體的戒斷反應。

有時，他會突然坐立難安，滿腦子只想去佛壇前合掌膜拜。

一發現草野先生出現這種舉動，家人便會拚命阻止。

草野先生一向佛壇膜拜，隔天一定會有人去世。

即使不特意仔細回想，十年來已有超過三十人去世。

以草野先生的親屬為首，包括鄰居、工作相關人士，全是與草野家有淵源的人。家

註：以春分或秋分為中間基準日的七天期間，通常會舉行法會，進行掃墓。

人甚至懷疑草野先生咒殺他們，不過本人毫無企圖。

他純粹很想在佛壇前膜拜，在佛前禱告而已。

然而，去世的人實在太多，連草野先生都感到詭異，於是竭力克制。

可是，一旦湧現「膜拜的衝動」，根本無法壓抑。

他會像夢遊患者般，不知不覺走到佛壇前，回過神就發現自己在合掌膜拜。

膜拜的隔天，一定會接到某人去世的消息。

這樣的生活持續十五年以上。

家人盡力監視草野先生的行動，但至今沒成功阻止過。

往往稍不注意，草野先生便完成膜拜。

上個月，草野先生在佛壇前膜拜一次。翌日，熟識的壽司店老闆就蛛網膜下腔出血驟逝。

骨折之家

幾年前的盂蘭盆節，吳先生趁著回鄉，找一些國中時的朋友到家裡，舉行簡單的聚會。

繼成人式的同學會後，大夥久違地重逢，所以相當熱鬧。配著美酒，聊著彼此的近況及懷念的回憶，場面熱烈非常。

忽然間，有人提起某個同學。

那個同學名叫大久保。

參加聚會的成員中，就屬吳先生最清楚大久保的事。

高中畢業後，大久保全家自殺，早不在人世。

國中三年，吳先生不曾和大久保同班，也談不上要好。不過，兩家距離頗近，就算沒興趣，還是會得知他的近況。

據說負債和家庭問題是自殺的主因，可是吳先生不清楚眞正的原由。

他只知道，細雪紛飛的冬日早晨，從停在別縣山中的車上發現大久保一家的屍體。

國中時的大久保並不起眼，個性內向沉默，不曾主動打進眾人的圈子。

他的朋友不多。雖然沒遭到欺負，但或許原本就較孤僻，下課時間總獨自在座位上看書。

這就是他給人的印象。

「大久保發生這種事啊……」

一個不知情的朋友喃喃自語。接著，一個名叫戶川的朋友提議：

「欸，他家不是就在附近？要不要去看看？」

大久保家離吳先生老家走路只要五分鐘，現在還留著。由於土地和房子的所有權屬於大久保父親的本家，在他們全家自殺後，就一直放著不管。

雖然覺得是愚蠢的提議，不過，吳先生瞄一眼手表，發現已是深夜，聚會瀰漫著差不多要結束的氣氛。

就這麼解散，又要好一陣子才能跟這群朋友見面。他想與大夥多相處一點時間。最後，吳先生勉強接受戶川的提議。

吹著潮溼悶熱的晚風，一群人渾身酒氣，踉踉蹌蹌走在夜路上。

前進一小段路，透過茂盛的庭院樹木之間，可望見往昔的大久保家。

那是一棟雙層木造建築，外觀頗氣派，但庭院雜草叢生，一片荒蕪，房屋也老舊斑駁。

骯髒的外牆上布滿細長的龜裂，窗玻璃幾乎全毀。緣廊上結著蜘蛛網，彷彿不祥的煙火大會。

眾人站在房子前，說著「好詭異、好恐怖」之類的感想。然後，戶川提議進去瞧瞧。

吳先生試著勸阻，但喝得爛醉的戶川變得自以為是，聽不進耳裡。

吳先生只好放棄，跟著其他朋友一起追在戶川身後。

拿手電筒一照，看見矮桌、餐具櫃、暖爐等家具，大部分積著厚厚的灰塵，但幾乎都保留原樣。

他們打開起居室的衣櫃，裡頭放著摺好的衣物。

「簡直像趁夜潛逃。」

吳先生對發出這個感想的朋友說：

「所以是連夜逃走後死掉了吧。」

「喂，這房子大半維持原貌，搞不好那傢伙的房間也一樣。」

戶川插嘴大笑。他皺起通紅的臉，興致勃勃地尋找大久保的房間。

「你夠了吧。」吳先生勸告，但他根本聽不進去，甚至仗著酒意踢開家具，走向更深處。

眞傷腦筋，吳先生等人無奈地再次追上。

他們接二連三打開全是破洞的紙門或卡住的門，依序調查一樓房間，不過沒找到疑似大久保的房間。

他們爬上發出嘰嘰傾軋聲的樓梯，來到二樓。

穿過走廊，在盡頭處發現放著書桌的小房間。

他們望向書架，上頭並排著少年漫畫的單行本和輕小說。

觀察書架，這應該就是大久保的房間。

房間幾乎保留原貌。床上鋪著棉被，牆上掛著沒起皺的運動服和外套。可能是從上學以來就一直使用吧，房間角落擺著兒童用的書桌，書櫃整齊地收納筆記本和文件信封之類的東西。

牆上貼的動畫海報，是吳先生高中時代流行的科幻機器人作品。電影海報則是與動畫同期上映的外星人侵略地球的商業大片。

大久保的時間就這樣停止。

吳先生注視著陳舊褪色的海報，不由得感傷起來。

「喂，你們看！」

回頭望去，戶川拿著一本筆記大笑：

「這是他的日記！封面上寫著日記！」

他將那本老舊的筆記遞到吳先生眼前。

封面確實以粗馬克筆寫著「日記」二字。下方表示年代的數字，正是大久保一家自殺的時期。

「你怎麼找到的？」

吳先生一問，戶川答道：

「就放在桌上啊。欸，我們來看一下，這一定是那傢伙的死前留言。」

「不要這樣。」吳先生出聲阻止，戶川仍興奮不已。

「不不不，這一定要看的啊，內容一定很誇張。」

他從一臉苦澀的吳先生手上搶過手電筒，興奮地翻開筆記。

這一瞬間，戶川鼻子打橫轉九十度，鼻尖緊緊貼住右頰。

得意洋洋翻閱筆記的戶川，笑臉頓時僵住。

接下來，他雙手壓住鼻子，發出模糊的慘叫，當場跪倒。

「啊啊啊啊啊啊啊啊啊啊啊啊！」

從遮著鼻子的雙手之間，噴出瀑布般的大量鮮血。

眾人慌忙衝上前，拉開戶川僵硬的手一看，吳先生等人也發出慘叫。

戶川的鼻子變成黑色，腫得高高的。

大夥搞不清狀況，趕緊抬起戶川，回吳先生家叫救護車。

過一會兒，救護車抵達吳先生家裡。

他們向急救隊員詢問戶川的傷勢，得到「鼻骨骨折」的答案。

「你們知道他爲什麼會受這樣的傷嗎？」

急救隊員明顯語帶懷疑。吳先生和朋友暗想，就算坦白，對方也不會相信，於是隨口敷衍。

目送救護車離開後，大夥原地解散。

隔天中午，戶川打電話給吳先生，果然是鼻骨骨折。

「醫生一直纏著我問，是不是挨揍？」

話筒另一端，戶川深深嘆氣。

醫生認爲那種骨折方式，怎麼看都是「遭人打斷」。

聽到這句話，吳先生十分贊同醫生的推斷，也覺得戶川挨打是理所當然。

經過那件事，吳先生和朋友們不知不覺疏遠。

燒炭

撰寫前一篇〈骨折之家〉期間，發生這件事。

由於從某位女性客戶那裡聽到這件事，我才會寫下前一篇怪談。

盂蘭盆節時，同事邀請她去掃墓。

要去哪裡？這麼一問，對方回答是前公司男同事的墓。

於是，她接受邀請，一起前往墓園。

一站在墓前，她忽然湧起一股厭惡感。

她的體質有些敏感。

默默承受著難以言喻的不快時，同事開口：「妳有沒有什麼感覺？」

「為何這麼問？」她反問。對方解釋，在墓中沉眠的那個人是自殺。

前公司發生偽造財務報表的醜聞，死者被推出來收拾殘局。但他並非負責人，也不是實際偽造報表的人。

換句話說，就是所謂的代罪羔羊。

被迫背負毫不相關的責任，他在家燒炭自殺。

將近十年過去，同事想知道他究竟有沒有成佛。

所以，同事特意帶她到死者墓前。

她氣得二話不說，轉身離開。

從那天起，「那個他」出現在她的公寓。

明明是夏天，不分日夜，她的住處會忽然飄散煤炭的臭味。而且，她會感受到其他人的氣息。仔細一瞧，懷抱炭爐的男子沉默地盯著她。

這種情況已持續一週。

關於這件諮詢，當天我就找到解決方法，她滿意地回去，應對上理當沒問題。

結束諮詢，我想起有關燒炭的怪事，也就是前一篇〈骨折之家〉。我急著寫進網路連載的怪談專欄，處理完工作的深夜一點過後，便著手構思。

將近三點，差一步就能寫完，工作室忽然飄散輕微的煤炭味。原以爲是我多心，但隨著時間經過，味道愈來愈重。

又過半小時，室內瀰漫著甜得過頭的煤炭味，我無法再說服自己。

這下麻煩了，我暫且停下手，坐到祭壇前。

不曉得是白天供養的男子，還是在專欄文中登場的一家人？從眼前的狀況推測，想必是其中一方。

我念誦經文，祈求雙方能夠安息。

念完經文，煤炭臭味已完全消失。

隔天晚上，熟客飯沼先生打電話給我。

他的弟弟在昨晚去世。

弟弟名叫正彥，不到三十五歲，和我挺熟。

從兩年前起，我接受他的個人諮詢。他的諮詢內容大多是感情、運勢占卜和車子的祓除。

……到底發生什麼事？

這麼一問，飯沼先生沉默半晌，吞吞吐吐說出正彥先生是自盡。

昨天深夜三點左右，他開車到縣內的深山，在車內燒炭自殺。

飯沼先生哽咽著繼續道。

從幾年前起，弟弟就遭到上司執拗的霸凌。

上司一天到晚否定正彥先生的人格，甚至屢次動手打人。免費加班、假日出勤成爲常態，連最低限度的休假都不給。

如同昨天諮詢的客人提及的上班族男子，他被迫僞造財務報表。

這些都寫在遺書上。

生前，正彥先生從未向我諮詢職場相關的問題。關心他的工作狀況時，他總笑著說「很順利，我做得挺開心」。

「抱歉，我沒能察覺正彥先生的痛苦。」

向飯沼先生道歉，他反倒安慰我：

「請不要在意。我也是看到他的遺書，才曉得發生這些事。他的自尊心高，不想丟臉，所以像傻瓜般逞強。不和您商量，想必只是不願讓人瞧見自身的軟弱。」

千萬不要在意。

飯沼先生再度強調，接著拜託我進行頭七後的供養。

結束通話，我腦中一片空白，筋疲力盡地坐在祭壇前發呆。

讓身爲祈禱師的我，看見你的軟弱有什麼不好？

這麼想著，我對自己的遲鈍感到生氣。

正彥先生喜歡逗人開心、惹人發笑，口頭禪是「想快點結婚」。

每次他前來諮詢，總會不知不覺離題，不斷聊著有的沒的，很快就過好幾個鐘頭。

我和他有許多愉快的回憶，與其說是重要的客人，更像是朋友。

履行與飯沼先生的約定前，我想以個人的身分供養正彥先生。

我點亮蠟燭，在香爐裡燃起線香。

此刻，我終於發現——

昨天深夜，我已完成供養。

正彥先生在昨天深夜三點左右去世，恰巧是工作室飄散煤炭味的時刻。

原因不是自殺的上班族，也不是自殺的一家人。

而是他。

昨夜，無意之間，我完成對正彥先生的供養。

倒數計時

當上祈禱師後，每年盂蘭盆節期間，都會聽到呼喚我的聲音。

地點和日期沒特定規律，只是都在盂蘭盆節時期。

第一次是在老家院子裡。

「心瞳，二十三。」

像是孩童，音調有點高亢。如果是孩童，應該是小女孩。

呼喚聲從後腦杓附近傳來。

當時，我的確已二十三歲，所以覺得這叫法眞怪。

不過，只有這樣，沒發生任何事。

因此，直到隔年盂蘭盆節再次被呼喚，我忘得一乾二淨。

那年盂蘭盆節剛開始，我在門口升起迎魂火（註）。

「心瞳，二十二。」

腦袋後方忽然傳來叫喚聲。

喂，搞錯年紀啦。我苦笑著，無奈地搖搖頭。

隔年，出發去掃墓時，我又聽見叫喚聲。

「心瞳，二十。」

我這才發覺數字年年減少，還突然少了兩個數字，不禁有些在意。

再隔年是深夜，我在房裡看電影。

「心瞳，十六。」

這次居然一口氣減掉四個數字。

「這到底是在搞什麼！」

我不由得怒吼，轉頭一看，空無一物，找不到來自另一邊的回答。

第四年，我漸漸產生難以言喻的嫌惡感。

起初，以爲數字是指我的實際年齡，但顯然不對。數字逐年減少，代表並非指我的實際年齡。

我首先聯想到壽命，我個人的壽命，乃至於從事祈禱師這一行的壽命。每年一次的宣告方式，實在令人厭惡。

只是，我無從驗證內心的推測。

把人當傻瓜似的宣告方式，可能是指精神年齡，也可能不是指壽命，而是等到數字歸零，會發生什麼事。

又或者數字本身沒有任何意義。

註：盂蘭盆節開始當天，日本人會在家門口生火，迎接祖先回到世間。

跟前面提到的精神年齡一樣，有個想捉弄人的「看不見的什麼」存在。

試著祈禱，搞不好會獲得啓示，於是我在祭壇前雙手合十。

然而，沒得到任何答案。

不找藉口，我就是能力不佳的祈禱師。

之後，每年我仍會聽到名字和數字，且數字不斷減少。

去年盂蘭盆節，白天我和妻子爲庭院的樹木澆水時，我又聽到叫喚聲。

「心瞳，四。」

再過幾個月，今年的盂蘭盆節就要來臨。

不論會發生什麼狀況——

時間已差不多。

兩張臉

小時候，戶田先生很怕在葬禮或法事上，聽檀家（註）的和尚誦經。

不是感到無聊，他討厭看到誦經和尚的背影。

和尚的後腦杓上有一張臉。

剃光頭髮還會發亮的後腦杓，浮現與和尚本人一模一樣的臉，且經常茫然望著半空，愣愣傻笑。

那張臉會配合和尚誦經，雙唇緩慢地開開闔闔。

年幼的戶田先生覺得詭異至極，難以忍受。

然而，即使告訴大人，也沒人聽進耳裡。如果他硬要說，就會挨罵。

無奈之餘，法事進行時他只好緊閉雙眼，努力忍耐。

戶田先生上中學時，那個和尚酒駕去世。

據說，他的頸骨骨折，整張臉扭到背後。

註：對特定寺廟進行布施的信眾，而接受布施的寺廟會替信眾處理喪葬事宜，進行法事。

恭喜

那是油蟬大聲喧鬧，盛夏的炎熱午後發生的事情。

家庭主婦千早太太在緣廊上折衣服時，忽然聽到一道清亮的女聲說：

「眞是恭喜妳了。」

她訝異地抬起頭，聲音主人站在庭院裡。

只見一個穿白無垢（註）的新娘，楚楚可憐地佇立在蓊鬱的黑松樹下。

以白粉染白的瘦削臉孔、大紅嘴唇，頭戴純白棉帽，輕握閃閃發亮的金黃扇子。

新娘直盯著千早太太，浮現溫和的笑容。

那笑容非常溫柔，千早太太不自主跟著微笑。

「眞是恭喜妳了。」

新娘看著千早太太，再次道賀。

話一說完，她如輕煙般消失在千早太太眼前。

啊，千早太太發出驚呼，卻莫名沒感到恐懼和不可思議。

與其說恐懼，更接近驚訝。比起驚訝，反倒先感受到依依不捨。那新娘實在太美，千早太太甚至想一直注視著她。

她陶醉一陣，才領悟到那是「祝福」。

當時，千早太太已懷孕五個月。結婚第四年，好不容易得到期盼的第一個孩子。那新娘應該是祖先吧。爲了傳達對懷孕生產、子孫繁榮的祝福，特地出現在她面前。

果眞如此，實在太令人感激。她坐立難安，立刻向在客廳看電視的婆婆報告。相對於開心敘述的千早太太，婆婆幾乎沒反應。千早太太講得愈多，婆婆愈沉默，臉色變得十分蒼白。

「對不起。」

講到一半，婆婆忽然起身。雖然帶著笑容，卻是硬裝出來的。

看著婆婆拉開玻璃門到走廊的背影，千早太太以爲她要去上廁所。然而，不論怎麼等，婆婆都沒回來。

她納悶地走出客廳，察覺佛堂有動靜。

一拉開門，只見婆婆面向佛壇，專心地雙手合十。

剛剛的態度也好，突然祭拜佛壇也好，都不是平常的婆婆會做出的奇怪行動。千早太太感到不安，開口詢問婆婆。

「我在祈求神明保佑妳生出健康的寶寶。」

註：表裡完全純白的和服。

婆婆蒼白的臉十分僵硬，拘謹笑道。

那天晚上，千早太太將白天遇到的新娘，及婆婆不尋常的態度，全告訴下班回家的丈夫。

「老媽從以前就十分膽小，最討厭鬼啊幽靈的。大概是妳提起怪事，她很害怕吧。」

丈夫自以爲瞭解，沒把千早太太的話聽進去。

隔天，婆婆的態度依舊古怪。不論千早太太說什麼，她都心不在焉。

婆婆明顯在強顏歡笑，千早太太反倒不安。

每當千早太太想談那個新娘的事，婆婆總支支吾吾地含糊其詞，硬改變話題。由於婆婆表現出的態度，千早太太覺得貴重的體驗被瞧不起了。

之後，千早太太不再談及那個新娘。

幾個月後，千早太太終於生產。

不過，是死產。

生出來的孩子遭臍帶勒住頸部，在子宮裡已斷氣。

那是個男孩。

出院後，她有些虛脫地哭泣著在佛壇前雙手合十，婆婆在她身邊坐下，跟著雙手合十。

「沒能順利生下孩子，實在抱歉……」

婆婆溫柔地制止想低頭道歉的千早太太，攙扶起她。

「沒關係，眞的。這是沒辦法的事……」

婆婆拍著她的肩膀安慰道。

「其實……我遭遇過相同狀況。」

咦？千早太太詫異地抬起臉。

沒理會困惑的千早太太，婆婆安靜起身，從佛壇旁的櫃子抽屜裡，拿出白木頭刻成的小牌位。

「年輕時，我也見過她。」

面對陷入混亂的千草太太，婆婆低聲解釋。

那新娘會帶走孩子……

千早太太的臉上頓時失去血色。

婆婆當年懷孕時，在自家庭院遇見同一個新娘。

面對溫和的笑容與那句「眞是恭喜妳了」，她同樣感動，立刻向婆婆——千早太太丈夫的祖母報告。

然而，祖母的反應超乎常理。

她一說完，祖母就抓住她的手，將她拖到附近的神社。抵達神社，祖母隨即跪倒，不斷說著「請保佑她、請保佑她」，專心祈禱。

祖母平常是非常冷靜理智的人，難以相信會出現這種行為。

她搞不清狀況，手足無措愣在一旁。祖母大吼「妳也來祈禱」，她震懾於祖母異常的魄力，說不出話。兩人跪地磕頭，拚命合掌祈禱。

回家途中，沉默的祖母終於低聲開口。

當年懷孕時，祖母見過那個新娘。

聽到新娘的那句話，祖母同樣非常喜悅。

但生下的孩子是死產，祖母發瘋般哭泣。

之後，祖母的婆婆坦言，自己在懷孕時遇到那個新娘，孩子同樣是死產。得知事實，祖母頓時茫然。

「我們只能祈求神明保佑，好好撐下去吧。」

祖母抱住她的肩膀，號啕大哭。

最後，她的第一個孩子也是死產。

婆婆雙眼含淚，哽咽著告訴千早太太，包括她在內已是第四代，搞不好更早之前，這個家裡就反覆發生相同的情況。

那個新娘究竟是何來歷，至今無人知曉。

她們只能確定兩件事。第一，一旦遇見那個新娘，胎兒一定會死掉。第二，沒有任何迴避的方法。

聽千早太太提起新娘後，婆婆盡力做好各種防範對策。

她瞞著千早太太拜訪有名的靈媒，請對方祓除。

「可惜還是沒用，對不起，眞對不起……」

婆婆的臉頰滾下大顆的淚珠。

「我無法再爲妳做些什麼……」

婆婆咬緊下唇，下定重大決心般說道。

就算下次也不行，絕對不要放棄。

咦？

下次「也」，是什麼意思……？

聽著這句像放棄一切希望的話，千早太太腦袋一熱。

「那是什麼意思！」

她傾身向前，高聲質問婆婆。

「我兒子，也就是妳丈夫，是我的第三個孩子。」

婆婆緊盯著千早太太，平板回答。

千早太太望向婆婆的膝旁，榻榻米上並排著兩個小牌位。

她害怕地縮起身子。

「我沒告訴他新娘的事，及他是我第三個孩子。」

不要知道比較好，畢竟無可奈何。

所以，請妳務必向他保密。

帶走兩個後，就會結束……

於是，包括我自身、我的婆婆和她的婆婆，或許再之前也……才總算擁有一個孩子。

婆婆如此作結，抱著兩個牌位放聲哭泣。

幾年後，千早太太再次懷孕。

她每天都祈禱孩子平安無事。

然而，懷孕七個月時，新娘再次出現在庭院，笑著說「眞是恭喜妳了」。

千早太太終究還是流產。

風之助

距今三十年前，荻野目先生就讀國小二年級。

第二學期過了一半，田裡的金黃稻穗正要開始結實。

放學後，荻野目先生和朋友在學校後方的雜樹林裡玩戰爭遊戲。

我想應該不用多做說明，不過所謂的「戰爭遊戲」，是參加者各自扮演在特攝節目或漫畫中登場的主人翁和反派的遊戲。眾人喊著作品中的知名台詞或必殺技名稱，擺出空手道的架勢，進行不怎麼逼眞的戰鬥。

這天，荻野目先生和朋友模仿流行的戰隊英雄節目。

大夥猜拳決定扮演主角或反派，也以猜拳獲得扮演喜歡角色的權利。

隨著猜拳的進行，獲勝者接二連三挑選受歡迎的英雄人物。

一直落敗的荻野目先生，最後演出反派的大頭目。

準備就緒，主角和反派以雜樹林中心爲界，分成兩邊。

喊出耳熟能詳的台詞後，眾人一起出擊，各自找到最佳敵手，比劃著進行戰鬥。

等眾人鼓足氣勢大喊過幾輪，終於來到遊戲的高潮。

基本上，戰爭遊戲不存在勝負規則。勝負完全取決於作品的設定，若是演英雄故事，最後勝利的一定是主角一方。

預感到最後一幕即將來臨，反派角色紛紛倒在主角夥伴使出的必殺技下。

看著這番情景，荻野目先生不斷後退到雜樹林深處。

終於剩下荻野目先生一人。他被逼到雜樹林盡頭，下方有小河流經的懸崖旁。

面對反派大頭目的荻野目先生，主角的夥伴英姿煥發地說出必殺台詞。

「放棄掙扎，投降吧！」

「我不會讓你亂來！」

「地球的和平由我們守護！」

說完這些台詞，主角的夥伴一同擺出必殺技的姿勢。

「住、住手！救命啊！」

荻野目先生這個大頭目全身抖個不停，乞求主角饒他一命。

給我住手！

忽然，雜樹林裡傳來誇張大喊的童音。

怎麼回事？眾人轉向聲源處，只見一個戴著忍者用的白頭巾、披著白披風的孩童，拿著長長的木棒衝出來。

年紀和荻野目先生他們差不多，但沒見過那張臉孔。

時值秋季，對方披風下卻是運動衫和短褲，還光腳踩木屐。

「你是誰？」

扮演主角的朋友大步走向戴白頭巾的孩童。

孩童動也不動，深吸一口氣。

「在下乃孤高的撥亂反正之人，疾風的使者，風之助是也！見你們仗勢欺人，豈能置之不理！在下將代替疾風，行俠仗義！」

他氣勢威武地說完，單手拿木棒指著荻野目先生的朋友。

「你是傻瓜嗎？這是戰隊英雄遊戲，你在演什麼啊？」

朋友一副受不了的表情，往戴白頭巾的孩童前進一步。

乓！

白頭巾孩童手上的棒子發出清脆的聲響，直擊荻野目先生的朋友腦袋。

朋友當場跪倒，放聲大哭。

「你在幹什麼！」

面對出乎意料的展開，其他扮演英雄的朋友七嘴八舌地吵嚷著。

隨著氣勢威武的喊叫聲，白頭巾孩童衝向荻野目先生一夥人。

「多說無益，覺悟吧！」

扮演英雄的朋友陷入慌亂，紛紛想逃跑，但為時已晚。

乓！乓！乓！乓！乾燥的聲響此起彼落，木棒準確地打在朋友的腦袋和側腹上。

自稱風之助的白頭巾男孩，的確人如其名，動作非常迅速。轉眼間，他英姿颯爽地將主角與同伴打倒在地。

聽到雜樹林裡傳來的哭泣大合唱，反派一行好奇地衝過來。

「那是誰？」

反派們驚訝地問。

雖然戴頭巾看不清長相，但只要是朋友，大致可從行動和體型辨別。可是，沒人知道風之助的來歷。

風之助滿足地往倒地大哭的主角群瞥一眼，緩緩走向荻野目先生。

「不要過來！討厭，不要過來！」

荻野目先生遮住臉，泫然欲泣地拚命哀求。

出乎意料，風之助將木棒插進短褲皮帶的洞。

「這麼一來就解決了。旅途還很漫長，一路上請務必小心。」

他走到荻野目先生面前，從頭巾的縫隙中可看見他雙眼含笑。

「在下告辭。」

荻野目先生愣在原地，風之助瞄他一眼，像風般越過他身旁，朝後方懸崖縱身一跳。

以荻野目先生爲首，在場眾人不禁大叫。

懸崖距離底下的小河超過十公尺，淺淺的河床上到處堆著大石頭。

跳下去不可能毫髮無傷，甚至可能死掉。

眾人慌慌張張地衝到懸崖邊，盯著下方。

可是，到處不見風之助的身影。

難道他被水沖走，沉入河底？

一個朋友低聲推測，眾人不禁緊張起來。

他們臉色慘白地衝出雜樹林，跑到學校向老師報告。

幾分鐘後，荻野目先生他們帶著級任導師和工友，再度回到雜樹林。

大夥緊張地看著老師和工友下懸崖搜索風之助。

但不論怎麼找，就是遍尋不著風之助的身影。

老師爬上懸崖，慌忙表示「趕緊報案吧」。

可是，工友反倒不怎麼緊張。

「那個孩童的年紀與外表確實如同你們的描述嗎？」

工友轉向荻野目先生他們，一副不可思議的表情問道。

「沒錯。」眾人異口同聲。於是，工友微笑回答：「既然這樣，不用擔心。」

他拍拍大夥的肩膀。

「這是什麼意思？」老師追問，工友道出緣由。

距離當下約三十年前，在雜樹林裡玩時代劇遊戲的男孩，不小心踩空，摔落河裡去世。

發現男孩的遺體時，他戴著白頭巾、披白披風。

「如今他仍在這裡玩……」

其實他是我的同班同學，工友瞇起雙眼微笑。

「你在說什麼傻話？重要的是，得趕快報警啊。」

工友逐一指著學生，向不滿的老師說：

「老師，仔細瞧瞧。雖然對方拿木棒用力打他們，卻沒任何人受傷。大概知道在玩耍，下手很輕。況且，能夠這麼精準拿捏分寸的人，不可能存在於這個世上。」

聽到工友的話，剛剛挨風之助打的朋友恍然大悟。

怎麼回事？荻野目先生問。大夥表示，他們眞的都沒受傷。

「老師，我的話沒錯吧。」

工友一笑，老師臉色愈來愈蒼白，陷入沉默。

工友轉向荻野目先生等人叮囑：

「不過，你們在這裡玩，一定要小心。風之助或許是來提醒你們。雜樹林雖然好玩，但懸崖相當危險，千萬別靠近。」

「知道了！」荻野目先生充滿活力地回答，工友稱讚他們是乖小孩，溫柔地摸摸大夥的頭。

接著，所有人牽著手，離開夕陽西下的雜樹林。

之後，在雜樹林玩戰爭遊戲的熱潮，持續到荻野目先生升上四年級。

只是，他們再也沒見過風之助。

奇蹟之石

前年二月上旬，妻子回娘家。

一早，激烈的敲門聲和嘶啞的女聲吵醒我。

發生什麼事？我揉著惺忪雙眼從被窩起身，穿著睡衣打開大門。只見一個五十多歲的胖女人站在門前。

「怎麼？」

「這裡是叫鄉內的祈禱師家嗎？」

「嗯，是啊。」

「太好了，還以爲是我搞錯。」

女人大大喘氣，誇張地表示安心。

「有什麼事？」

「我想找你商量。」

剛剛起床時，是五點四十分。我從早上九點開始營業，而且是完全預約制。

這麼一說，女人有些不滿。「沒關係吧？虧我特地跑這一趟。」

她絲毫不肯退讓。

「這是我的規矩，不行就是不行。我不想這麼指責，但妳未免太沒常識。」

正當我想解釋「畢竟這麼一大早……」時，女人迅速打斷：

「算了，不跟你商量。拿去，請幫我處理掉。」

女人翻找手提包，取拿出一顆棒球大小的圓石。

「這是什麼？」

「奇蹟之石。我的身體變得超級糟糕，請幫忙處理。」

女人說是奇蹟之石，但從石頭的花紋來看，只是普通的虎眼石。

「這一顆要價五十萬，不過和我波長不合，完全無效。」

女人聲稱道，但以大小而言，虎眼石沒這麼昂貴。

大概是遭業者耍了吧，不過說來話長，所以我沒追問。

「我沒辦法保管這麼貴重的物品。抱歉，請帶回去。」

「不，我不是要你保管，是要你處理掉。拜託！」

女人非常執拗，不肯退讓。

「不，我也不能處理。非常抱歉，請帶走。」

「不要這麼壞心，求求你！」

女人迅速抓住我的手，我狼狽地想甩開，她仍將虎眼石硬塞給我。

「喂，這樣我很困擾。」

「好啦，這是謝禮。」

她塞幾張折起的千圓鈔票到我拿著虎眼石的手裡。

「那就拜託你了，謝謝。」

她隨便點點頭，旋即轉身。

請等一下！我想叫住她，話卻卡在喉嚨裡。

女人停在院子前的車裡，塞滿無數張臉孔。

有男有女，有老有少，然而，每個都只有臉。

他們的膚色如月亮般蒼白，沒有頭髮、沒有牙齒，雙眼漆黑。

每張臉的眼珠和雙唇都急忙開開闔闔。

塞滿車裡的無數張臉孔擠在一起，簡直像被做成押壽司的醋飯。

碰！當我愣在大門前時，傳來鈍重一聲。

原來是女人上車了。可是，無數臉孔遮住，無法確認她的模樣。引擎發動後，車子逃走般衝出去。

早晨的自家玄關恢復寂靜。我握著奇蹟之石，沉默佇立。琥珀色和褐色紋路交織，看起來是再普通不過的虎眼石。

只是「看起來」。

我有強烈的不祥預感。這恐怕不是簡單的石頭，光拿著就會惹來麻煩，我立刻想處理掉。

然而，不論眞假，那女人提到「五十萬」。

之後若要我歸還，也很棘手。

煩惱到最後，我決定收在祭壇下的木箱。那專門用來存放因類似狀況留在工作室的石頭。

保管前，我進行祓除。不過，看到剛剛那種狀況，我實在無法平靜。因爲已完全清醒，我帶著陰暗的心情，準備當天的工作。

那個不知姓名來歷的女人，不曾再出現在我面前。

喪服

同樣在二月中旬，晚上七點，一對年輕夫婦登門諮詢。

半年前，我接受過一次他們的委託。

妻子端茶過來。等她離開工作室，夫婦倆露出奇妙的神情，低頭說：

「今天晚上您很忙吧？還抽空接受我們的諮詢，眞不好意思。」

這是早就預約好的諮詢，我一點都不忙，也不覺得困擾。

聽我這麼表示，夫婦倆臉色微沉，問道：

「……您家裡是不是在辦葬禮？」

他們看到妻子穿黑色的日式喪服，感到不太適合打擾。

當天晚上，妻子的打扮平常，也不是會誤認爲喪服的暗色系。

我立刻否定，夫婦倆卻相當堅持妻子穿著喪服。

於是，我喚回妻子。她離開不過短短幾十秒。

見妻子穿著紅運動外套，夫婦倆驚訝地睜大眼，沉默不語。

雖然詭異，不過僅僅如此。

只是，回想起來，或許這是之後發生怪事的前兆。

因此，喪服的故事雖然不嚴重，我仍留下紀錄。

接下來，我會描述碰到的怪事全貌。

原因不明的高燒

同樣是二月下旬。

早上，我因嚴重的惡寒和頭痛醒來。

一量體溫，發現高達三十九點五度。我擔心是流感，立刻前往醫院求診。

接受棉花棒插進鼻孔深處，令人痛苦不已的流感篩檢。

結果是陰性，醫生認爲只是一般感冒，所以開感冒藥給我。

隔天早上，我發燒超過四十度，意識有些模糊。

再隔天，同樣是四十度，還伴隨劇烈的頭痛，身體處處發疼。

再度前往醫院，醫生開退燒藥給我，吩咐我要安靜休息。

之後過了三天、四天、一星期。

我的體溫在三十九度和四十度之間上上下下，毫無退燒的跡象。

雖然醫生說是感冒，但我除了發燒，沒有任何感冒症狀。

打噴嚏、咳嗽、流鼻水之類，可謂感冒代名詞的症狀完全沒出現，也沒拉肚子或腹痛。我若是感冒，首先扁桃腺會腫起來，這次卻沒有。

反而是嚴重的發燒帶來頭痛和暈眩，及全身劇烈疼痛。

這眞的是感冒嗎？經過一週，我終於心生懷疑。老家的母親覺得不對勁，要我去一趟綜合醫院。

第八天早上，我前往當地的綜合醫院。

CT、MRI、腹部超音波、X光，血液檢查、尿液檢查，還有糞便檢查。

醫生耗費半天，仔仔細細把我身體內外檢查一遍。

雖然我否認，仍被迫接受痛苦的流感篩檢。

結果沒任何異常，身體非常健康。

身體健康固然好，但我想弄清發燒的原因。

這麼一問，醫生只誇張地發出「唔」一聲，然後表示「我不知道」。看來，我符合醫學上所謂「原因不明的高燒」症狀，此外沒任何解釋。換句話說，如同醫生的回答，病名本身就是「我不知道」。

最後，醫生開給我大量退燒藥和止痛藥，要我過幾天再回診。

我彷彿被推入絕望的深淵，差點在醫生面前倒下。

懷著慘澹的心情等待批價，我覺得身體狀況愈來愈糟，連坐著都困難，只好躺在候診大廳的沙發上，忍耐頭痛。我的意識模糊，幾乎無法思考。

太陽穴跳個不停，刺痛不斷竄入腦中。腦袋裡像同時放進心臟和蛀牙，痛得要命。

我躺下呻吟著，某處傳來女人的低語。

大廳人很多，聽到女聲也不稀奇。

然而，那聲音似乎是衝著我來的。

我豎起耳朵，尋找聲源處。離我很近……到底在哪裡？雖然痛苦不堪，我仍硬睜開雙眼。

就在眼前。

一個女人鑽進前一排沙發下方躺著。

那是臉色蒼白瘦削的長髮醜女。

女人看著我，不斷低喃。

我對上她的視線。

雖然覺得不舒服，我卻沒有再度轉移視線的力氣，只好一直望著她。

乾癟嘶啞的女聲嘰嘰喳喳，敲打著我的耳膜。默默聆聽，我漸漸明白她在說什麼。

「死掉死掉死掉，你一定會死掉。死掉死掉死掉，你一定會死掉。」

她雙眼空虛，念誦咒語般不斷低喃。

沉默聽著，漸漸軟弱地覺得我真的會死掉。

等到批價結束，我從沙發起身，她始終反覆著同一句話。我束手無策，一直聽著這句話，甚至失去抵抗的意願。

母親開車載我回家，途中我看到熟悉的農業道路旁站著一個男人。

男人右臉被壓爛，像吃到一半的草莓。

今天是看得到的日子。

我茫然想著，直到母親送我進家門。

又過一週，高燒仍沒有消退的跡象。

這段期間，受到發燒的影響，全身的疼痛益發劇烈。除了頭部、關節、眼睛和下顎，連睪丸都痛到不行。

雖然吃下退燒藥和止痛藥，但效果非常微弱，只能稍稍緩解。始終找不出高燒的原因，我幾乎是爲了拿藥上醫院。藥差不多吃完，妻子和母親帶我前往醫院。

看完醫生，我躺在候診大廳的沙發上，突然很想吐。

由於持續高燒，我的腸胃功能變得極差。沒有食欲，勉強吃會吐出來。出門前硬吞的早餐正在胃中逆流。

我勉強起身，抓著牆上的扶手步向廁所。

走進最近的廁所，開門一看，裡面一片漆黑。大概是爲了節能，沒人使用就會關燈。

我按下入口附近的開關。

腳邊突然傳來喀沙喀沙的聲響，有東西在蠢動。

那是一個女護理師。

護理師在地上像蟑螂般爬動，飛快消失在獨立隔間裡。

她消失在離我最近的隔間，我當然不想進去。

可是，我的胃到達極限，稍稍不慎就會當場吐出來。

無可奈何，我衝入護理師進去的隔間，跪在馬桶前大吐一場。

全部吐完抬起頭，一隻手從後方搭住我的肩膀。

我不想看到對方，頭也沒回地衝出去。

直到我離開，那隻手都放在我的肩膀上。

回家途中，母親照舊開上那條農業道路，一個穿黑色騎士服的男人四腳朝天倒在路中央。

那是幾十年前的機車事故現場，路旁設有慰靈用的地藏菩薩。

這樣碾過去應該沒關係，所以我沒告訴開車的母親。

不出預料，駛過男人的正上方時，沒造成衝擊。

透過後照鏡確認，男人已消失。

經過農業道路，接近我家附近的坡道入口時，我看見頭部異常巨大的野獸。
那野獸有著像狗一樣的頭，和貓一般的身體，但腦袋是人類的三倍大。
牠衝過車前，過馬路後，消失在草叢中。

今天是看得到的日子，但實在看過頭了。

毫無防備

之後又過一週，我依然沒有退燒的跡象。

早上，我的雙眼異常疼痛。雖然一直很痛，但這天簡直像有人拿五吋長的釘子不斷戳刺。

我再也無法忍耐，妻子和母親抱著我，一早就直奔眼科。

進入診間後，我看到醫生坐在中央大桌子另一邊。

大概要進行檢查，電燈全熄滅，接近一片漆黑。桌上的檯燈是唯一的光源。

在護理師的催促下，我和醫生相對而坐。

越過醫生肩膀，我隱約看見醫生身後的牆上，畫著巨大的護理師。

那個護理師的腦袋和軀體一樣大，幾乎是三頭身。嘴巴裂到耳朵旁，雙眸如貓眼一樣圓，左右瞳孔沒有焦點，一邊望著上方，一邊盯著自己的鼻子。

手腳的長度各不相同，指頭的數量亂七八糟。

與其說是抽象畫，更接近兒童畫。然而，若真是出自兒童手筆，未免太詭異。氣氛和電影《深夜止步》中，患有精神問題的孩子的畫很類似。

總之，令人恐懼，並非適合放在眼科診間牆上的畫。

那幅畫幾乎延伸到天花板，占據整面牆。從護理師帽子尖端到腳趾，目測身高約兩公尺。

為什麼會畫這樣的圖……我正納悶，醫生遞來一個奇怪的機器。那機器有著腳架，類似望遠鏡。

醫生要我湊上去看裡面，我默默照做。

我把刺痛的雙眼抵在鏡片上。

檢查開始沒多久，室內空氣產生微妙的變化。

難以具體形容，但感覺粉狀的玻璃碎片不斷灑在我的皮膚上。

醫生說「可以了」，我放開機器。

一抬起頭，我嚇一跳。

那幅護理師的畫從頭部剝落，彷彿要湊向我。

「再看一次。」

我仍驚愕不已，醫生再次指示。

護理師的肩膀到腹部從牆上剝落，漸漸前傾。那副身軀薄得像輕飄飄的紙，然而，貼在牆上的畫沒道理自行剝落。

護理師的瞳眸，如漩渦般快速轉動。

那不是畫，根本也不屬於這個世界。

一旦察覺，疼痛的雙眼和因高燒衰弱的心臟，同時劇烈跳動。

「請快一點。」

醫生催促，但我根本不在意。

我非常清楚接下來會發生什麼事。

護理師的身體恐怕很快會從牆上全部剝落，直衝著我來。

於是就會……我不想思考後果。

取而代之的是，我赫然發現自己多麼毫無防備。

持續高燒和渾身疼痛，將我的身心消磨殆盡。之前，面對在綜合醫院的候診大廳纏著我的女人，及在廁所撞見匍匐爬行的護理師時，我完全沒抵抗。

不，嚴格來講，不是不抵抗，而是無法抵抗。

若身體健康，就算是這種場面，我也有一些應對方法。

我能採取在心中結手印、進行祓除、念經等本業的應對方式。

平常察覺危險，我會立刻保護自己。

然而，現下我完全擠不出力氣。

我終於理解，面對怪異，此刻自己是徹底毫無防備。

即使在發燒，我仍感到全身彷彿血液逆流，背後竄過一股寒意。

「請暫時移開。」

我反射性地聽從醫生的指示，慌慌張張確認前方。

就在眼前。

巨大的護理師塗鴉逼近，離我只剩約二十公分。

塗鴉前後扭動薄如紙片的身體，巨大的頭部往前探出，沉默俯瞰著我。

巨大圓眼中，黑瞳迅速轉動。

我想轉移視線，但對方更快。

發現對方張著血盆大口時，視野瞬間一片漆黑。

護理師吞下我的臉。

像拉開布幕，我忽然恢復視力。

接下來，揉爛鋁箔紙般的巨響在我耳中迴盪。

我劇烈地左右搖擺，彷彿被丟進滔天巨浪，根本無法抵抗，雙眼益發疼痛。

啪沙啪沙啪沙的尖銳聲響在腦中變大，接著倏然消失，身體不再搖擺，剛剛的一切像是假的。

呼，我吐一口氣，終於理解自身的遭遇。

吞掉我身體的護理師，直接穿過我的身體。

過程恐怕只有短短數秒。

我搖搖晃晃回頭，輕薄如紙的護理師背對著我，消失在對面牆裡。

眼科的檢查結果，最後還是原因不明。醫生給我一小瓶眼藥水，我便踏上歸途。

眼睛的疼痛絲毫沒消退，就像護理師的塗鴉襲擊我時一樣。

回家路上，我靠著車窗往外一看，到處都是不屬於這個世界的景象。

愣愣佇立在枯萎田地中央的裸女。

放在路旁馬頭觀音石碑上的老人頭顱。

拖著從肚裡流出的腸子，走在人行道上的男子。

抬頭一看，穿花紋和式外衣的孩童，在半空中團團轉。

平常，我偶爾會由於某些原因看見這些東西。

但我總是努力不去注意。雖然不是絕對，不過當我從事這份工作後，便能無視他們到某種程度。

那是爲了不看見他們，類似音量鍵的心理裝置。

然而，此刻完全失靈。

抵達家門爲止，我總共看見超過四十個異形。

明明只是數十分鐘的車程。

從那天起，我非常恐懼出門。

我害怕碰到怪異現象，卻束手無策，僅能坐以待斃。

況且，沒有任何退燒的跡象，我不禁懷疑自己會就這樣死掉。

我持續發燒三個星期。

受到不斷侵蝕身體的高燒威脅，及失去對抗異形的方法帶來的恐懼與絕望，導致我的心靈瀕臨極限。

欠缺分界線的某個風景

我已持續發燒六十天左右。

熱度完全沒下降。

執拗不退的高燒將我的氣力消磨殆盡，我開始對妻子說「想再去水族館」、「不能保護妳，對不起」之類，彷彿沒有未來的話。

我以一週一次的頻率到醫院就診。

來回醫院的路上，及在醫院裡，我仍被迫看到許多根本不想看的東西。

沒辦法全部寫出來，我只列出一些至今印象深刻，忘也忘不掉的景象。

看診結束，我躺在候診大廳的沙發上。

腦袋突然挨一拳，我反射性抬起頭。只見椅背內側伸出一隻白手，在我的腦袋上方握起拳頭。

瞬間，拳頭再次揮下，直接打中我的腦門，我頓時眼冒金星。

既疼痛又驚訝，我狼狽不已，還是起身確認，但沙發後方沒任何人。

另一天，我坐在長椅上等待看診，附近的老人忽然五體投地般倒下。

護理師發出慘叫，衝到趴倒的老人身旁，詢問「要不要緊？還好吧？」，邊搖晃老人的肩膀。然而，老人動也不動。

這樣搖他不是更危險？

即使發燒無法思考，我仍忍不住擔心。那個護理師就是如此用力搖晃老人。

不斷搖晃、用力搖晃，每當老人的身體晃動，護理師也隨著前後搖晃。

不斷搖晃、用力搖晃，兩人的動作愈來愈快。

當他們激烈搖晃到連輪廓都逐漸模糊時，便融入空氣消失。

從醫院回家的路上。

母親在便利商店前停車買我的午餐。雖然幾乎沒食欲，還是能吃少量的布丁、果凍之類，可順利滑下喉嚨的食物。

我意識模糊地倒在副駕駛座。一分鐘後，駕駛座的車門打開。

母親動作眞快，我轉頭一看，卻是不認識的女人。

那是留著平整劉海的年輕女人。

女人沒有眼珠，圓圓的兩個眼窩裡，塞滿不停蠢動的蠼螋。

等購物結束的母親回到車上，女人在我眼前像道輕煙般消失。

又是另一天。

從醫院回家途中，在十字路口等紅燈時，某處突然傳來「咚」的巨響。以爲發生車禍，我望向車外。

咚！再度響起好大一聲。我反射性尋找聲源處，只見人行道上一個穿西裝的中年男子直盯著我。

那是穿深藍西裝的瘦小男人，頭頂禿成條碼狀。

男人嘴巴張得老大，纖瘦的胸脯忽然膨脹。

咚！落雷般的重低音刺入我的耳膜。

聲音似乎出自男人之口，但那絕非人類能夠發出的聲音。我後悔對上他的視線，急急忙忙別開臉。

咚！信號轉爲綠燈，車子前進，我仍聽到那聲音從後方傳來。

早晨，前往醫院路上。

熟悉的農業道路旁是廣大的墓園，一群孩童在裡面玩耍。

約莫是小學低年級的孩童，每個都穿短袖上衣和短褲，共有七、八人左右。

一看到他們，我立刻移開視線。

天氣漸漸帶著春意，但還沒舉行彼岸會，路肩仍有殘雪。我不想看到穿得那麼單薄的孩童在戶外玩耍。

然而，當車子經過墓園，孩童發出怪聲衝過來。

「殺了你！」「殺了你！」「殺了你！」「殺了你！」

他們明朗輕快地喊著，我縮在副駕駛座上不停顫抖。

於是，難以區別是這個世界或另一個世界的曖昧景象，幾乎天天出現在我的日常生活中。

無計可施，只能任那些東西恣意妄爲，我害怕得要命。每次外出，我都深深感覺自己像手無寸鐵被丟進野生動物園。

我更怕自己發瘋。

先不管身體狀況，普通人原本就不該看到那些景象。夢幻和現實的分界是不是已消失？我的腦袋眞的要不正常了。

這樣的日子持續著。

某天深夜一點過後，我因高燒醒來。

睡前吃過退燒藥，但藥效已退一段時間。

起床也不舒服，我試著盡量睡久一點。可是，每晚藥效一退，我就會難受得瞬間清醒。

一旦醒來，再吃藥仍很難睡著。我只能躺在被窩裡，痛苦呻吟到天亮。

等到早上，身心疲憊到極限，我才像昏厥般睡兩三、個鐘頭。所以，今晚恐怕依然只能努力熬到體力耗盡。

我在被窩裡輾轉反側，突然感到強烈的噁心。睡前勉強吞下的晚餐，開始從胃部逆流。

我慢吞吞爬出棉被，想站起來，卻雙膝無力。

終於連走都沒辦法走了嗎？我陷入沮喪的情緒。

我想呼喚睡在一旁的妻子，卻發不出聲，連搖她肩膀的力氣都沒有。當我拖拖拉拉時，愈來愈想吐。

無奈之下，我獨自爬向廁所。

在冰冷的木地板上掙扎一陣，總算抵達目的地。

我爬到馬桶前，胃袋的東西潰堤般全吐出來。

吐完後，我倒在廁所地上。

好冷，我想趕緊回到被窩，身體卻不聽大腦指揮。

手腳無力，腦袋和身體像石頭一樣沉重。

我試著掙扎站起，卻萎靡不振，只好放棄。我如蝦子般蜷縮著，努力撐過寒夜。

早知道就把手機帶在身上……

腦海思緒翻騰，渾身發抖時，我注意到窗戶映出人影。

明知不會是好東西，凍僵的身體仍無意識地發出求救訊號。

如果是活人，希望對方注意到我。

抬頭一看，我發現那不是活人，也不是死人。

夜晚染黑的毛玻璃另一邊，緊貼著膚色的臉孔剪影。烏黑頭髮，恐怕還很長，而我見過那大笑著裂開的嘴型。

是加奈江。

她鼻尖緊貼毛玻璃，能隱約看見眼睛和下巴的輪廓。一認出對方，我的身體縮得更小。

四個月前，也就是去年年底，加奈江來敲過工作室的窗戶。

隔天早上，我便擔心會發生這種情況。那串留在工作室窗外的雪上足跡，沒有移動到其他地方的跡象。

果然還躲在附近嗎……

恐懼和絕望之下，清空的胃起了痙攣。

她想必察覺我在廁所，才會把臉貼在窗上，站在外面。

然而，即使釐清處境，身體依舊不聽指揮，我無法逃走。

我屏住氣息，努力不直視窗戶，以眼角餘光窺探加奈江的動向。

加奈江鼻子貼在窗上，無聲笑了一陣，突然急忙轉身，消失在黑暗中。

大約經過一個鐘頭。

我擔心她有所謀畫，在她消失後始終保持警戒，卻是杞人憂天。

加奈江沒再次出現。

早上妻子起床後，總算把我救出去。

天氣冷透骨髓，我的體力消耗殆盡。當妻子把我送回床上後，我難得熟睡一整天。

醒來一看，外面已天黑。

雖然還是身體倦怠，意識模糊，不過感覺並不差。

我用力一撐，勉強可挺起上半身，顯然狀況比昨晚好一些。

試著站起，沒問題。腳步踉蹌，但總算能自行走路。

自從開始發燒，我就沒去工作室，內心有點在意。

我步履蹣跚地經過走廊。

平常我不會爲自己祈禱，可是現下陷入困境。

趁狀況多少恢復，我想進行驅除病魔的祈禱。

拉開工作室的紙門走進去。

下一瞬間，我發出慘叫。

了結

另一個我，背對著我坐在祭壇前。

還穿著工作時的黑和服。

終於看到這種情景了嗎——

幾個月來，我被迫看見生者、死者，或是夢境、現實交織成一片的世界，最後迎向終點。

分身，所謂死亡的前兆。如果接受目睹的一切，就會變成這樣。

包括昨晚的加奈江，我受夠看到更多莫名其妙的東西。

我還活著，一點都不想看到這種東西。

我不由得有些憤怒，大步走向坐在祭壇前的自己。

另一個我面對祭壇合掌膜拜。

這實在太不吉利，開什麼玩笑！我這麼想著，靠近另一個我。

想抓住肩膀時，另一個我忽然消失。

混雜安心和懊惱的奇妙情緒，在胸口翻騰。

在另一個我消失的祭壇前，我重重坐下。

噁心的是，座墊居然留有餘溫。

我試著冷靜下來準備祈禱，卻辦不到。

太陽穴一帶的血管跳動著，難以集中精神。

取而代之的是，腦海不斷重播剛剛窺見的另一個我。

另一個我到底在祈禱什麼？我非常在意。

祭壇前的矮桌上，並排著燭台、香爐、鈴鐺，我逐一檢查，沒有任何異常。而祭壇上的供品、花朵和水晶，一樣很正常。

此時，我才發覺自己眞正在意的，不是另一個我，而是飄散在祭壇四周的奇妙氣息。

不同以往，這樣坐著反倒不安。爲了找出造成不對勁的源頭，我仔細查看祭壇周圍。

掛在祭壇上方的掛軸，放在祭壇旁的冷風機及另一邊的工具。

還是找不出哪裡出問題。

即使如此，我仍無法平靜，一定哪裡有問題。

我掀起鋪在祭壇上的布，窺看底下。

哇！我不禁大叫。

一片黑暗中，無數臉孔互相擠壓，蠢蠢欲動。

我彈起般後退，遠離祭壇。

受到驚嚇，我心跳加速，孱弱的身體承受不住，幾乎當場昏厥。

沒錯，就是這種東西在蠢動。祭壇散發出的不協調感，源頭在下方。

可是，我不曉得原因。

進行祓除時的祝詞、經文，裝著過往資料的箱子，祭壇下方整齊收著平常不會使用的備品，應該不會引來怪東西。

除此之外，只剩存放失禮客人留下的石頭的箱子。

石頭。

一想起來，我就明白是怎麼回事。

深呼吸冷靜下來，我戰戰兢兢再次掀起祭壇桌布一角。

小心翼翼窺探，沒有任何蠢動的臉孔。

我吁一口氣，固定桌布，好方便看清底下的狀況。

迅速拉出裝石頭的箱子，我打開蓋子一看。

霎時，我發出當天第三次慘叫。

棒球大小的圓石，彷彿染血般熠熠生輝。

雖然顏色不同，但從大小和形狀，我立刻知道是什麼石頭。

就是二月上旬某個早晨，那個可疑的女人硬塞給我的奇蹟之石。

我終於記起在何處看過祭壇下蠢動的臉孔。

那是塞滿女人車裡，像押壽司般互相擠壓的臉孔。

圓石宛如仙女棒的火種，表面冒泡似地發光。

我思索著該怎麼處理，想到一條妙計。

蓋上箱子後，我吩咐妻子準備開車出門。

我穿著睡衣抱起箱子，走出大門。

明天恰恰是丟棄不可燃垃圾的日子。萬一之後那女人要我歸還，我也不管。這麼詭異的石頭，我不願再放在家裡。

我坐上副駕駛座，由妻子開車前往垃圾場。

封裝所有保管至今的石頭，我整箱放在垃圾場。

大概是處理掉石頭，頓時感到安心，回家後睡意再度襲來。明明白天都在睡，但一躺下，意識立刻飄遠。那天晚上我沒醒來，一覺到天亮。

隔天早上起床，身體輕鬆許多。測量體溫，三十七點八度。比正常體溫略高，但這是第一次不吃退燒藥就降到三十八度以下。之後，我的體溫逐漸下降，第五天便恢復正常。慎重起見，我前往醫院就診。經醫生診斷，我不用再複診。病名最後仍是「原因不明的高燒」。維持一週正常體溫後，我確定自己痊癒。同樣地，退燒後，我再也沒看到那些奇怪的東西。

雖然我是祈禱師，但不喜歡任意穿鑿附會。然而，即使不願意，仍遭遇太多怪事，我不得不推斷那石頭是引發高燒的原因。我爲高燒所苦的期間，那石頭恐怕一直在漆黑的祭壇底下悄悄發光。這樣已夠不對勁，也夠詭異了，問題在於時機。第一點，我一處理掉石頭，立刻退燒，未免太過巧合。

接著，發燒前的二月中旬，上門諮詢的年輕夫婦目睹妻子穿喪服。那是我收下石頭不久的事。

當時，我保持警戒，十分擔心妻子的安危。然而，眞正出事的是我。

仔細一想，如果是妻子出事的預兆，她應該不會穿黑喪服，而是要穿白壽衣。

這就是所謂的預感。

預先察覺不祥的狀況，透過無法解釋的現象感知前兆。

如今回想，妻子穿喪服，莫非在爲即將死去的我進行「生前供養」？

雖然不吉利，但若這麼解釋，一切就說得通。

最後一點，則是收下石頭時雙方的互動。

那個冬天清晨，找上門的可疑女人稱那石頭是「奇蹟之石」。

只是，她的「奇蹟」發音有些奇怪，重音不同。

那女人眞正要說的，不是奇蹟之石，而是——鬼籍（註）之石？

我不由得如此推測。

過一陣子，向同行前輩提起，對方告訴我：

「不少人用這方法毀掉同行……」

眞相無從確認，但要是如前輩所言，我確實差點被殺。

註：鬼籍爲死亡之意，日文發音和奇蹟相同，但重音不同。

某個人偶與新娘的故事

只要我想說，或是開始說，一定會碰上意外。

其實，有個至今不曾完整述說的故事。

那是某個人偶與新娘的故事。

最初，怪事發生在不定期舉行的怪談會上。

我剛開口，一名年輕女子就接到家人去世的通知。目送她哭泣著離開，全場陷入沉默，沒辦法繼續。

隔一段時間，我再度舉行講述這個故事的怪談會。然而，當天大部分的參加者都染患感冒或受傷缺席，只好流會。

當時，想將這個故事放上我經營的網站專欄時，也發生怪事。寫到一半，電腦突然故障。

電源開著，但過一段時間，瀏覽器畫面就會轉黑，完全無法操作。

雖然是買了快七年，被我操得很凶的老舊產品，不過不到壽終正寢的地步。起先，我以爲是感染病毒。

至於發覺狀況有異，是在買新電腦，要救出故障電腦裡的檔案的時候。所有檔案幾乎都安全移轉，只有〈和人偶與新娘有關的故事〉的原稿遍尋不著。

如果是每篇故事分開存檔，由於某種原因造成那篇原稿不見，還能夠理解。然而，所有連載的怪談，我都存在同一個文件檔。

那一篇非常長，耗費兩週才寫到一半。當然，我都記得存檔。

這兩週來，我使用和網路連載相同的檔案寫作及儲存。

因此，同一個文件檔裡，不太可能「只有這個故事」消失。

半年後，我仍不死心，打算重頭來過，於是在新電腦另開一個文件檔。

然而，一開始寫，便遲遲沒進展。

不是我偷懶，而是一開啓檔案，電腦的速度就會變慢，幾乎每次都會碰到當機之類的麻煩。

面對這種狀況，我焦躁不已。不斷試著重整或清理電腦，始終沒改善。

相反地，電腦狀況愈來愈糟，愈來愈不穩定。

提到不穩定，並非整台電腦都不穩定。

網路和電子郵件都能順利使用，其他軟體或應用程式沒任何異常。文書軟體也是如此。

若我寫的是同時連載的其他怪談，電腦就一切正常。

唯獨寫這個故事時，電腦才會出問題。

到這個階段，我終於察覺。

啊，它不想被寫出來。

不過，我非常有耐心，或者說相當執著，努力地繼續寫，簡直像跟它槓上。

不出所料，我愈往下寫，隨著故事進行，「唯獨寫這個故事時」的電腦狀況明顯惡化。

跟上次一樣來到第二週，又發生第二次故障。

症狀與上次相同，僅有一點差異。第一台電腦是使用七年的老舊產品，第二台則是買不到半年的新品。

我送回原廠修理，卻得到一句「原因不明」的回覆。

送修結束，電腦裡依然只有那篇原稿消失。

之後，我曾嘗試在私人委託舉行的怪談會上講這個故事。

每次都以慘敗作收。

一到當天，不是對方情況有變，被迫取消，就是講到一半，對方接到緊急電話。跟之前的怪談會一樣，怎麼都講不完。

最後，漸漸有客人感到不對勁，甚至擔心講完會發生壞事。

自然而然，再也沒有人想聽整個故事。

站在祈禱師的立場，我認爲應該避免過度煽動聽者不安的故事。

於是，我封印這個怪談好一陣子，只留在我的記憶裡。

去年快結束時，事情發生變化。

我決定將這個故事收進第一本書。

第三次寫這個故事，內容早完整記在腦裡。

撰寫狀況非常順利，到中間爲止都是熟悉的作業。

然而，寫到一半左右，我收到責任編輯的電子郵件。

編輯要我減少這個故事的頁數，希望我再次思考整本書的構成。

〈和人偶與新娘有關的故事〉篇幅頗長，約莫可換算成兩百張稿紙，且極可能超過。

倘若收進怪談集，整本書的編排會不太均衡。

最後，考慮到整體構成，準備收錄在第一本書的原稿大多保留，只重寫這個故事。

在忙碌的行程中，抽空完成本書真的十分困難。不過，以結果來說，這是相當好的修煉。我對出版社的決定並無不滿，也沒有意見不合之處，反倒心懷感謝。

只是，寫到這裡，我終於察覺一點，暗自驚恐不已。

到頭來，我仍沒辦法寫完這個故事。

看見新娘

結果，〈和人偶與新娘有關的故事〉需要重新來過。

但至少免於遭到冷凍的危機。

總之，這次一定要好好寫出來。我帶著有點賭氣的心情，正式撰寫這個故事。

然而，儘管我抱持積極向前的心態，內心多少有些不安。

到目前爲止，只要我想寫或想講述這個故事，就會狀況不斷。萬一眞的完成，究竟會發生什麼事……無法想像的部分太多。

同樣地，絕不能大意的「原稿消失」，從某種角度來看，可謂最麻煩的怪事，也是這個故事的特徵。

這次並非我基於個人興趣發表的文章，而是出版社企畫製作的商業作品。不是「寫到一半，最後還是消失」的理由就能解決。

愼重起見，一開始我就將文件檔保存在多處。完成部分內容，立刻寄給責任編輯。

不出所料，寫作進入後半時，存在電腦裡的原始檔案消失。我冷汗直冒，心想備份果然是正確的。

幸好，這次電腦並未故障。

然而，無法保證今後不會故障。當前，我以保存在隨身碟的檔案為準，繼續往下寫。

此外，一些瑣碎的怪事不斷，以後有機會再說。

不過，最近發生一場令我深深感到「這個故事果然不同凡響」的災難。

所以，我拿來當成本書的壓軸之作。

今年二月初，晚上十點過後，我關在工作室寫〈和人偶與新娘有關的故事〉。默默寫到一半，手機響起。

以為是客人，接起來一聽，原來是妻子。

怎麼啦？這麼一問，妻子難得大喊「你馬上過來」。

難不成是身體出狀況？我走向客廳，拉開玻璃門一看，妻子把暖桌的棉被拉到胸前，抖個不停。

「你在寫什麼故事？」她劈頭質問。

「妳在說什麼？」我一頭霧水，於是妻子道出剛剛的遭遇。

不久前，妻子在客廳使用電腦時，聽到工作室傳來呼喊聲。懶散的我經常需要妻子幫忙，於是她旋即起身。

一站起來，妻子立刻發現不對勁，頓時一陣毛骨悚然。

呼喚她的並不是我，而是從未聽過的女聲。

搞不好有人闖入工作室，妻子戰戰兢兢走出客廳。

我的工作室位於走廊最深處。從客廳踏上走廊，可透過工作室玻璃拉門流瀉的燈光，隱約看見走廊盡頭。

妻子望向盡頭，發現一個白色人影坐在工作室前。

仔細一瞧，是穿白無垢的新娘。

妻子硬將到嘴邊的尖叫吞回喉嚨。

新娘端坐在陰暗的走廊地板上，透過玻璃拉門窺探工作室。她塗著白粉的側臉，浮現在燈光中。

妻子愣愣看著新娘之際，新娘忽然轉頭。

腦中警報響起，妻子衝回客廳。

之後，妻子立刻打手機給我。

妻子堅持看見新娘，但我走出工作室時，已消失無蹤。

如同前述，當時我在寫〈和人偶與新娘有關的故事〉，情況實在詭異。

我並未告訴妻子在寫這個故事，也不曾透露完整內容。

這是個好機會，包括現下的處境，我想向妻子全部坦白。

在客廳矮桌面對面坐下，我們交談五分鐘左右。

伴隨著尖銳的「嘰——」一聲，家裡變得一片漆黑。

跳電了。

我急急忙忙修好，返回客廳一看，妻子神情萎靡。看著默默掉淚的她，我心知不能再說下去。

最後，我仍沒辦法講完這個故事。

實際上，妻子非常反對我寫這個故事。

不僅僅是恐懼，而是擔心萬一完稿後，或寫作過程中我遭遇不測。

如同妻子所言，我同樣擔憂。

我沒告訴妻子，其實我的身體已出現各種狀況，而且寫作期間發生怪事的頻率日漸增加。

現下就這麼糟糕，要是全部寫完會發生什麼事？由於無法想像，我非常恐懼。

那為何要寫？你是傻瓜嗎？很多人會這麼質疑吧。

不，我只是意氣用事，或者說是執著。

究竟會是我的執著獲勝，還是「那邊」的怨念勝利？長久以來的對抗，應該要畫下句點。

若能向世人披露這個故事的全貌，就是我的勝利。

對「那邊」而言，被說出來、被記錄下來會感到困擾，於是執拗地阻止我。

另一方面，只要這個故事能夠公開，或許能稍稍彌補死者的遺憾。

從一開始介入這件事，我就一直站在後者這邊。

這份心情至今不變。

——說出來，也是一種供養。

正因這麼想，我才會選擇書寫。

雖然不曉得會是何時，但總有一天，我要將這個故事公諸於世。

屆時，希望各位仍願意讀我的書。

將怪異加工爲怪談，是我的工作。

如果能夠了結整件事，將是我的榮幸。

恠17／祈禱師鄉內——怪談始末

原著書名／拝み屋郷內 怪談始末
原出版者／MEDIA FACTORY
作　者／鄉內心瞳
翻　譯／張筱森
責任編輯／陳盈竹
編輯總監／劉麗真
榮譽社長／詹宏志
總 經 理／陳逸瑛
發 行 人／涂玉雲
出 版 社／獨步文化
城邦文化事業股份有限公司
104台北市中山區民生東路二段141號5樓
電話：(02) 2500-7696　傳真：(02) 2500-1967
發　行／英屬蓋曼群島商家庭傳媒股份有限公司
城邦分公司
104 台北市中山區民生東路二段141號2樓
網址／www.cite.com.tw
讀者服務專線／(02) 2500-7718；2500-7719
服務時間／週一至週五：09：30～12：00　13：30～17：00
24小時傳真服務／(02) 2500-1900；2500-1991
讀者服務信箱E-mail／service@readingclub.com.tw
劃撥帳號／19863813
戶名／書虫股份有限公司
香港發行所／城邦（香港）出版集團有限公司
香港灣仔駱克道193號號1樓東超商業中心
電話／(852) 2508-6231　傳真／(852) 2578-9337
E-mail／hkcite@biznetvigator.com
馬新發行所／城邦（馬新）出版集團
Cite (M) Sdn Bhd
41, Jalan Radin Anum, Bandar Baru Sri Petaling,
57000 Kuala Lumpur, Malaysia.
Tel: (603) 90578822
Fax:(603) 90576622
email:cite@cite.com.my
封面繪圖／中条
封面設計／張裕民
排　版／游淑萍
印　刷／中原造像股份有限公司
●2016（民105）1月初版
售價350元

 ISBN 978-986-5651-50-3

國家圖書館出版品預行編目資料

祈禱師鄉內——怪談始末／鄉內心瞳著；
張筱森譯 . –初版. – 台北市：獨步文化，
城邦文化出版：家庭傳媒城邦分公司發
行，民105.01
面；公分. --（恠；17）
ISBN 978-986-5651-50-3
861.57　　104027348

廣　告　回　函
北區郵政管理登記證
台北廣字第000791號
郵資已付，免貼郵票

104台北市民生東路二段 141 號 2 樓

英屬蓋曼群島商家庭傳媒股份有限公司
城邦分公司

請沿虛線對摺，謝謝！

書號：1UT017	**書名**：祈禱師鄉內——怪談始末	**編碼**：

請於此處用膠水黏貼

讀者回函卡

謝謝您購買我們出版的書籍！

請費心填寫此回函卡，我們將不定期寄上城邦集團最新的出版訊息。

姓名：______________________ 性別：□男 □女

生日：西元__________年__________月__________日

地址：____

聯絡電話：____________________ 傳真：______________

E-mail：____

學歷：□1.小學 □2.國中 □3.高中 □4.大專 □5.研究所以上

職業：□1.學生 □2.軍公教 □3.服務 □4.金融 □5.製造 □6.資訊

□7.傳播 □8.自由業 □9.農漁牧 □10.家管 □11.退休

□12.其他____________________________________

您從何種方式得知本書消息？

□1.書店 □2.網路 □3.報紙 □4.雜誌 □5.廣播 □6.電視

□7.親友推薦 □8.其他____________________________

您通常以何種方式購書？

□1.書店 □2.網路 □3.傳真訂購 □4.郵局劃撥 □5.其他

您喜歡閱讀哪些類別的書籍？

□1.財經商業 □2.自然科學 □3.歷史 □4.法律 □5.文學

□6.休閒旅遊 □7.小說 □8.人物傳記 □9.生活、勵志 □10.其他

對我們的建議：______________________________________

____

____

為提供訂購、行銷、客戶管理或其他合於營業登記項目或章程所定業務需要之目的，家庭傳媒集團（即英屬蓋曼群島商家庭傳媒股份有限公司城邦分公司、城邦文化事業股份有限公司、書虫股份有限公司、墨刻出版股份有限公司、城邦原創股份有限公司），於本集團之營運期間及地區內，將以mail、傳真、電話、簡訊、郵寄或其他公告方式利用您提供之資料（資料類別：C001、C002、C003、C011等）。利用對象除本集團外，亦可能包括相關服務的協力機構。如您有依個資法第三條或其他需服務之處，得洽詢本公司服務信箱cite_apexpress@cite.com.tw請求協助。相關資料不提供亦不影響您的權益。

□我已詳讀權利義務之相關條款，並同意遵守。

請於此處用膠水黏貼

廣　告　回　函
北區郵政管理登記證
台北廣字第000791號
郵資已付，免貼郵票

104台北市民生東路二段 141 號 5 樓

英屬蓋曼群島商家庭傳媒股份有限公司

城邦分公司

獨步文化　　收

請沿此虛線剪下，將活動卡對摺、黏貼後寄回即可